幸田家のことば

知る知らぬの種をまく

青木奈緒

小学館

幸田家のことば

知る
知らぬの
種をまく

はじめに

　小学生のころ、ひとりで出かけた先で道がわからなくなり、近くのお店に入って案内を乞うた。おずおずと、「つかぬことを伺いますが……」と切り出して「おかしな子だね」と笑われた。その場所がどこだったたか、どうして親と一緒でなかったかはもはや定かではないが、自分では精一杯丁寧に訊《たず》ねたつもりなのに笑われたことをいまだに覚えている。私なりに理屈はあって、お店の商売とは無関係の道案内を頼むのだから、それは「つかぬこと」であると判断したのだ。

　もし今、私がお店の人の立場で、そんなことを言って道を訊《き》いてくる小学生に会ったら、やっぱり笑うだろう。四十年以上前のことばづかいということを考えあわせても、子どもに似つかわしい表現ではない。声のトーンによってはずいぶんこまっしゃくれた子だと思うかもしれない。

この言いまわしは何かの折に母が使っているのを聞いて、門前の小僧よろしく覚えておけばきっと便利に違いないと思った。ことばづかいについてはもっぱら母と、近くに住んでいた母方の祖母・幸田文《こうだあや》に教えてもらい、父がとやかく言うことはなかった。古風といえば聞こえはいいが、私の生まれた年代にしては多少古臭い表現がいつのまにか身体《からだ》の中に入ってきてしまったのである。

書く仕事をするようになって、出版社の人たちに私が使うことばの中に日ごろあまり見かけない、あるいは聞き慣れないものがあると言われた。年配の方には「今どき、もう滅多に耳にしない、なつかしい響きですね」と、まるで昔からの知りあいにめぐりあったかのように喜んでもらえるのだが、若い人にはもちろん、私と同世代でも、意味が通じないことがままある。

同じようなことは六十四歳からもの書きを始めた母・青木玉《あおきたま》も経験しており、書いた原稿に校閲部から資料つきのチェックが入り、もっとわかりやすい言い換えをと勧められるうち、母は面倒が起きそうな表現を自発的に避けるようになった。これ見よがしに使っているのではなく、読む人が一語に引っかかって中身が伝わらなかったら意味はない。「文章はすらっと滞りなくわかってもらえるのが一番」という母の言い分はもっともと思い、私もそれにならってきた。

ところが編集者の中には私たちが密かに絶滅危惧種と呼ぶようなことばに興味を持つ人がいて、消えるにまかせていることをしきりと勿体《もったい》ながった。幸田文と曾祖父・幸田露伴《こうだろはん》が使っていたことばが母の中に生きており、その幾分かは私にも伝わっているはずだというのである。単に古いことばだけでなく、曾祖父や祖母の生き方、暮らし方をあらわすことば、後の世を生きる母や私がよりどころにしているものを、ひと通り見直してみることになった。

身近に思いつくものから、ぽつりぽつり、ことばをたどる先には何がひらけるのだろう。両手で数え切る前に、もう種切れになりはしないか。そんなことを思いながら、記憶とことばの海に小舟で乗り出した。

青木奈緒

カバーに使用した黄八丈（八丈島に伝わる草木染めの絹織物）のきものは、幸田家のことば同様、著者へ譲り継がれたかけがえのない日常の一端。

幸田家のことば／もくじ

III

分相応

IV 行動を起こして知る

V 融通無碍

VI

運命を踏んで立つ

幸田家関係略系図

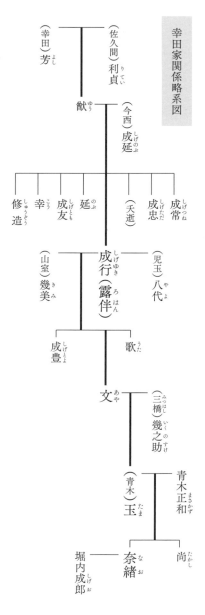

(佐久間)利貞《りてい》
(幸田)芳《よし》
猷《ゆう》
(今西)成延《しげのぶ》
成常《しげつね》
成忠《しげただ》
(夭逝)
延《のぶ》
成友《しげとも》
幸《こう》
修造《しゅうぞう》
(児玉)八代《やよ》
成行《しげゆき》(露伴《ろはん》)
(山室)幾美《きみ》
歌《うた》
成豊《しげとよ》
文《あや》
(三橋《みつはし》)幾之助《いくのすけ》
青木正和《まさかず》
(青木)玉《たま》
尚《たかし》
奈緒《なお》
堀内成郎《しげお》

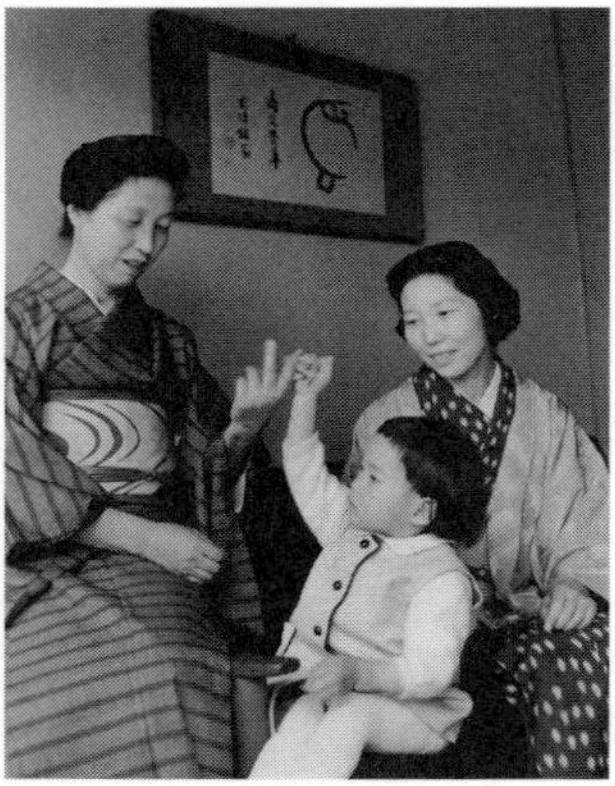

小石川の実家で
文、玉、奈緒と三代、憩いのひととき。

幸田露伴 こうだろはん 一八六七(慶応三)〜一九四七(昭和二十二)

幕臣の父・成延と母・猷の四男。東京・下谷《したや》生まれ。本名は成行、号は蝸牛庵《かぎゅうあん》。幸田家は江戸時代、大名の取次を職とする表御坊主衆《おもておぼうずしゅう》を務めた。電信修技学校卒業後、電信技師として北海道・余市《よいち》へ赴任。文学を志すため帰京。この道中に得た句「里遠し いざ露と寝ん 草枕」が「露伴」の由来。小説『五重塔』『運命』などで文壇での地位を確立。同世代の尾崎紅葉とともに明治文学に「紅露時代」を築く。漢文学・日本古典にも通じ、多くの随筆や史伝のほか、『評釋芭蕉七部集』などの古典研究も残した。第一回文化勲章受章。

幸田 文 こうだあや 一九〇四(明治三十七)〜一九九〇(平成二)

露伴と母・幾美の次女として東京・東向島《ひがしむこうじま》に生まれる。五歳のとき母を、八歳のとき姉の歌を亡くす。キリスト教系の女子学院に入学し、この年から露伴に

小石川の蝸牛庵にて。前列左から文、玉、文の夫・三橋幾之助。
後列左から幾之助の母、露伴、露伴の後妻・八代。

家事・生活の技術を厳しくしつけられる。二十四歳で清酒問屋三橋家の幾之助と結婚。ひとり娘の玉が生まれるも、家業が傾き十年で離婚。露伴のもとに戻る。露伴没後に、父との思い出などを記した『雑記』を発表。その後随筆集『みそっかす』『父 その死』、小説『流れる』『おとうと』など常に作品が注目される作家となる。没後に出版された全集のほかに、『崩れ』『台所のおと』『きもの』『月の塵』などの作品集、選集も多数。日本芸術院賞受賞。

青木 玉　あおきたま　一九二九（昭和四）〜

三橋幾之助と幸田文のひとり娘として東京・伊皿子《いさらご》に生まれる。八歳のとき、文とともに露伴の家に戻り小石川で育つ。戦時中は長野県坂城《さかき》町へ疎開し、戦後二年を千葉県菅野《すがの》で過ごす。東京女子大学卒業。結核予防会結核研究所の医師・青木正和と結婚。尚、奈緒の一男一女をもうける。文の没後、未完刊行作品の編纂や全集の編集委員等を務める。文筆活動を始め、自伝的随筆『小石川の家』を発表。芸術選奨文部大臣賞を受賞。『幸田文の箪笥の引き出し』『こぼれ種』『着物あとさき』などのほか、編著『幸田文 しつけ帖』『幸田文 台所帖』『幸田文 きもの帖』などを手がける。

青木奈緒　あおきなお　一九六三（昭和三十八）〜

東京・小石川《こいしかわ》生まれ。学習院大学文学部ドイツ文学科卒業、同大学院修士課程修了。オーストリア政府奨学金を得てウィーンに留学し、足かけ十二年ドイツに滞在。一九九八年に帰国して『ハリネズミの道』でエッセイストとしてデビュー。『うさぎの聞き耳』『くるみ街道』『動くとき、動くもの』『幸田家のきもの』、小説『風はこぶ』や絵本の翻訳『リトル・ポーラ・ベア』シリーズなどの著書を持つ。二〇〇二年、二〇〇九年に日本エッセイスト・クラブのベスト・エッセイ集に選ばれる。NHK放送用語委員。

本書は、月刊『本の窓』(小学館)二〇一四年十一月号〜二〇一六年九・十月合併号に連載された「幸田家のことばDNA」を改題し、加筆・構成したものです。

引用は『幸田文全集』(岩波書店一九九四-九七年)を底本に用い、旧かなを新かな遣いにするなど表記を一部改めています。『　』内は著書名、(　)内は作品名です。

ブックデザイン　鈴木成一デザイン室

写真提供　青木奈緒

I

心頼み

一寸延びれば尋延びる

【いっすんのびればひろのびる】一時の困難をなんとかしのいで突破をはかれば、先は楽になる。今、ここが頑張りどきと励ますこと。

仕事や用事に追われて苦しいさなか、どこかにわずかなゆるみを見つけて、そこを頼りに乗り切ろうとする。学校に通っていたころから「一寸延びれば尋延びるって言うから、今、ここが頑張りどきよ」と母に励まされたことがあり、かつて祖母・幸田文が口にしていた声の調子もなつかしく耳に残っている。自分でも書く仕事をするようになって、心の内で唱えつつ、切羽つまったギリギリを幾度乗り越えてきたことか。

だから、このことわざは日常会話の中でごく普通に使われるものと思っていた。賛同してくださる方も大勢いると信じたい。『広辞苑』にも「当座の困難をなんとかして延ばして行けば、先は楽になる」という意味として載っている。けれど現実は、こんなことわざ知っていてももはや使わない、あるいは聞いたことすらないという方が多いらしい。すべてに段取りよく、何ごとも期日前に為果《しおお》せる心がけのよい人ばかりではあるまいにと思うのだが、寸や尋といったことばの響きが今の感覚では古いのかもしれない。尺貫法の尺度であり、身のまわりにはお米を計る単位の合《ごう》や、一升瓶、食パンを数えるときの斤《きん》などが残ってはいるけれど、土地面積をあらわす一坪が約三・三平方メートルと表示されるように、公式ではメートル法に換算される。

では、このことわざをメートル法で言い換えるとどうなるだろう。曲尺《かねじゃく》か鯨尺《くじらじゃく》かによっても違いはあるが、一寸はおおまかに言って三センチ、ひと尋は六尺とすると約一・八メートルにあたる。三センチ延ばせれば、それが先行き一・八メートルの余裕を生むということになる。こうなると途端に語感が働き、三センチの六十倍を期待するとはあまりに虫がよすぎるような、ずいぶん大きく出たものだという気がする。

ひと尋は本来、両手をいっぱいに広げたときの手先から手先の長さを意味している。かたや出発点となる一寸は目を伏せて手もとに見えている短さである。このことわざの由来は私にはわからないが、決まって思い浮かべるのは針を持って脇目もふらずに縫いものをする女性の姿だ。きものの寸法が寸や尺であらわされ、和裁に使う一尺差しや二尺差しが今も私の身近なところにあるからかもしれない。

これらの物差しは、祖母が端布《はぎれ》を使ってざっくりと手縫いした細長い袋に入れてしまってある。物心ついたころから一メートルの物差しと一緒にまとめて、おそらく五十年以上この状態が保たれている。歳月は思わぬところにあらわれるものという気もするし、そうと知っていれば祖母はもっときれいな布でもう少し丁寧に物差し袋をつくっていたかもしれないと愉快に思う。母は古くなったからといってこの袋が使えるうちは新しくしようとはしないだろうし、私もまた同じ。人目にふれぬ家の内で使いつづけられている物差し袋は、家族の中に伝わることばにも重なる。とりたてて大切にした覚えもなく、決して見立てがあるものでもない。ただ、そこにあって、便利だから使いつづけ、結果として残っている。

「一寸延びれば尋延びる」は苦しいときの拠《よ》りどころ、究極のポジティブ思考だ。はなから無理だとか、冷静に考えたらあり得ないなどと腰が引けていては、成るものも成らない。不可能をも可能にしようとする意気、立ち向かう強さ、無鉄砲を押し通す明るい気概で突破をはかる。スケールの大きさと勢いこそが魅力だと思う。

一寸三針五分ひと針

【いっすんみはりごぶひとはり】 目的にかなっていれば、丁寧が最上とは限らない。手早くすませ、そこから生まれる余裕に助けられることもある。露伴の母・猷のことば。

「一寸延びれば尋延びる」と対にして覚えている言いまわしが、「一寸三針五分ひと針」。これはことわざとか広く知られた慣用句ではなく、曾祖父・露伴の母・猷《ゆう》のことばである。

猷は夫・成延《しげのぶ》との間に八人の子をなし、早くに他界した子を除けば、各々が実業家、探検家、文学者、洋楽の先駆的教育者、歴史学者と、多彩な分野で明治の時代に名を残している。こう書くとどうも身内自慢のようで心苦しいが、正直、露伴の兄弟たちのことを私は知識として知ろうと努めるだけで、さらにその上の代となると、生まれ年が天保《てんぽう》の改革のころであるということを、まるで時代劇のひとこまでも眺めるような感覚で思い浮かべている。

それでも露伴の母の猷は、伝え聞くところによると大変な傑物で、幸田の家の要となる人だったらしい。幼少の露伴に家事全般をきびしく教え、その成果がのちに露伴から文へというしつけにつながる。露伴でさえも母親には終生頭があがらず、祖母や母はこの人のことを、身内ではあるが、敬意をこめてお猷様と呼んでいる。

さて、このお猷様だが、手のつくりがとてもしっかりしており、随筆「みそっかす」で書かれた祖母の記憶では「たなごころが割合に広く厚い。指はやや骨太、やっとこでなくては切れないほど厚い堅長《たてなが》の爪がしっかりかぶさっていた」とのこと。その手で家事万端なんでもこなし、筆も持てば、三味線も達者に弾いたという。

当然、裁縫もお手のもので、縫い方はふた通りに大別していた。いいきものや男物はたっぷり時間をかけて丁寧に、一方、清潔を旨として頻繁に着替える必要がある普段着の手入れは、拙速でこと足りるというのだ。「馬鹿丁寧な仕立てかたをした普段着の垢《あか》づいているのは愚であり、いい着物の俄《にわか》仕立も内証《ないしょう》が見えすいて未熟だというのが論である」（みそっかす）と。

そこで普段着の手入れをするときは、「一寸三針五分ひと針」で仕上げてしまえという。裁縫に関することゆえ鯨尺での換算とすると、四センチ近くを三針の目安で、場所によってはひと針二センチで飛ばして縫っても構わない計算になる。

意外なほど粗い針目だが、これを手抜きで楽できると思ったら大間違いだと私の母は首を横にふる。ただ乱暴に縫えばいいというものでは決してない。手早でありながら、仕立てあがったものが実用に耐えねば意味がない。

かつて母もゆかたを縫ったことがあるそうだが、それを見ていた祖母は「指先に神経が通っていない」と指摘したという。母いわく、「私にはいっとき間にあわせができれば御の字で、とてもお猷様のようになんてできやしない。あれは腕の立つ人にだけできる芸当なのよ」と笑っていた。

その祖母もお猷様の前では落第だったというから、私には想像を絶する手ごわさだ。まともに立ち向かってもとても勝ち目はないからだろう、露伴は幼い日の祖母に糊《のり》の研究をしろと勧めている。「水に耐えることと剝脱を自由にすることと布を損じないことを考えればいいんだから、そんなにむづかしいことではないと思うがね。糊とアイロンで着物が処理できれば女の時間はずっと救える」（みそっかす）と言ってけしかけるのだが、祖母はこれをまるで現実味のない話として受けとめている。時を経て、手芸店でごく普通に売られている裾あげテープが、まさにこれだ。隔世の感があっておもしろい。

お猷様はなぜ普段のきものの手入れは手早さが第一と言ったのだろう。それは糊の研究を勧めた露伴も指摘した、家事にかかる時間のやりくりの問題である。

家事というものはずるずるしていれば際限なく手がかかり、滞らせればたちまち氾濫して家の中に支障が出る。それゆえ、こちらが家事に追いまわされるなどもってのほか、逆にこちらから追いかけるようにして、もっとも手早く、効果的にひと通りをすませ、あとはひとときでもいいから家事をする者もゆったり好きなことをする時間を持たねばならないと説いている。今の世では、何をこと改めてと思われるかもしれないが、女性が家事に明け暮れていた時代、時間に関する限り、お猷様の考えは大変進歩的と言える。「一寸三針五分ひと針」は縫いものをするときに自分を律することばというより、集中を促し、そこから生まれる余裕で自分を助けるための心得だった。

では、今の私の生活にこのことばがどう活かされているかと問われると、これはただもう耳が痛い。住まいも道具も急速に便利になってはいるけれど、家事をなるべく手早に、要領よくすませることは、今もって私の課題でありつづけている。

ぞんざい丁寧

【ぞんざいていねい】 せっかちな性分でぞんざいでも、常に忘れずに心を寄せていれば、丁寧とほぼ同じ成果を得られる。矛盾することも工夫次第で道はひらける。

縫いものをする祖母の姿を、小さいころから私は見慣れていた。私が家で着られるようにと普段のきものを縫ってくれたのは祖母だったし、長襦袢《じゅばん》など下に重ねるものは、すべてではなかったのだろうが、苦にせず自分で支度していた。

この背景にあるのは、若いころから重ねた裁縫の訓練だろう。五歳で生母を亡くし、リウマチを病んで身体が利かなかった継母に代わって十六歳のころから家事を一手に引き受けていた。姉の歌《うた》も十一歳で猩紅熱《しょうこうねつ》によって命を落としていたから、家族は父である露伴、継母・八代《やよ》、文、弟・成豊《しげとよ》の四人。このころの家の様子は随筆「父」や「みそっかす」に詳しいが、縫いものの場面は自身の体験をもとにした小説『おとうと』に描かれている。

主人公げんの弟・碧郎《へきろう》が中学に入って最初の夏休み、小学校で一緒だった友人たちが家に訪ねてくるのだが、げんはみんなが急に大人びた恰好《かっこう》をしていることに気づく。各々、洋服だったり、きものにしても腰あげをした子どもの仕立てから一人前の大人のきものに替わっていた。碧郎は自分ひとり子どもっぽい姿を恥ずかしく思いながら、無理に知らん顔をし通す。友だちが帰ったあと、げんは弟をさらに幼いかたつむりの柄のゆかたに着替えさせ、大急ぎできものを縫い直す。ほどいて、洗い張りをし、蚊《か》帳《や》の中へへら台ごと持ちこんで夜通し、一気呵成《いっきかせい》に縫う。なぜ自分がわずか三歳下の弟の着るものの世話まで引き受けなくてはならないのか。心中穏やかざるものを抱えて、「一寸三針五分ひと針」を実践したのだろう。とても悠長にしていられる余裕はない。さりとて、動きたい盛りの中学生の弟に急ごしらえのきものをかばって着てくれろとは無理な注文だ。実用は伴わねばならない。

翌朝、碧郎が起きたときにはきものは縫いあがっていて、「ねえさん、ゆうべ寝なかったの？（中略）仕立て賃に何か手伝うよ、水汲んでやろうか」（おとうと）と、感謝の気持をポンプ井戸の水汲みであらわそうとするが、身体の弱い弟は口ばかり。その間にもげんは、あと何枚、日々の家事の合間に弟のきものを縫い直さねばならないか勘定している。

この場面で思い浮かべるのは、「ぞんざい丁寧」ということばである。もとは露伴の言っていたことか、祖母の造語か。よそで耳にしたことはないが、母と私にとってはぴんと来ることばと言ったらよかろうか。

ぞんざいと丁寧という矛盾する二語を結びつけているのは、ことばと同様、相容れない状況であり、感情なのだ。すでに手一杯の日常の中に容赦なく入りこむさらなる用事、大急ぎでいながら丈夫さも求められる縫いもの、弟へ八つあたりしたいような気持とそれでも放ってはおけない家庭の事情。こうした数々の矛盾の中から、最終的には身内への情が何にも勝るから、眠気を我慢して縫いもするし、やり場のない気持もおさめて気をとり直す。

誰も初手《しょて》からなんでもでき、気持も上手にコントロールできる人はいない。ぞんざい丁寧は、そうした人間の弱さを許すことばであると同時に、一度ででき切らないことも、あきらめずに回を重ねよと言っている。もとはぞんざいでも、絶えず忘れないで心を寄せることができれば、ほぼ丁寧同様の効果をうむ。

子どものころに見た祖母の縫い目は、粗いところはざくざくと、細かいところは丁寧に。そのふたつが混じることはなく、縫った線はよれずにまっすぐ連なっていた。

立つときには倍の力になる

【たつときにはばいのちからになる】 時に困難に遭って涙し、かがみこむことがあっても、いずれ立ちあがるときにはバネのように現状を打破する力が身にそなわっている。かがみこんでいるときをどう過ごすかが大事。

祖母の幸田文が八十六歳で他界したのは一九九〇（平成二）年、早いものでもう四半世紀以上経つ。故人となれば自ら発信することはかなわず、時が移ろうままに忘れられても致し方ないところ、今も祖母の作品をご覧くださる方があるのは身内として有り難いことと思う。

感謝の念を持ちつつ、それと同時に、私と同世代か、それより若い方々はどのようなきっかけで幸田文を読み、どんなイメージをお持ちなのだろうと考えることがある。自分自身に照らしあわせてみれば、私が身内以外の日本文学の作品に触れた最初は、学校の教科書や課題図書の類だった。祖母の著作も学校の入学試験に使われることがあり、受験参考書に過去問題が載り、模試にも時おり出題される。

だが、時間内に設問に答えなければならない状況下では文字を介して著者と心を通わせる余裕などなく、課題にとりくむだけで精一杯だろう。そんな折に、子どものころの祖母が露伴にきびしく家事を教えこまれる場面なんかを読まされたら、圧迫感だけが印象に残りはしないだろうか。何かの拍子にネット上で、「幸田文のテキストで試験問題が出たけれど、何を言いたいのかちっともわからなかった」というような投稿を見てしまうことがあると、なんだか気の毒で、しきりと申し訳ない気がする。祖母も本意ではあるまいと思う。

これとは別に、雑誌のインタビューでは、「幸田さんはいつも背筋をしゃっきり伸ばしていたのでしょう」とか、「さぞかし家事をきちんとしていたのでしょう」と訊かれることがある。祖母の書き残したものが読む人にそうした印象を与えているのであり、実際、人前でだらしない恰好はしないように努めていたはずだ。家事は効率よく、無駄な動きはなかった。

けれど、私にとってはそれだけではなくて、晩年のある時期、ゆり椅子に座ってひざかけをかけたおばあさんになりたいと言い出して、ロッキングチェアの座り心地を試していた祖母もなつかしく思い出される。

掃除にしても、いつもきっちり丁寧というわけではなくて、時間に追われていれば、「ちょいとまるくやっとこうかね」と、にこにこと笑顔を浮かべて驚くほど手早に、手際がよかった。

試験問題とインタビューのいきさつは一見、無関係に思われるが、なぜ祖母については家事に完璧な人とか、きびしく鍛え抜かれた人という印象ばかりが増幅されるのだろう。そうした観点でたどると、おおもとは子どものころの家庭環境と持って生まれた性格というところへ行き着いてしまう。

私が思い浮かべる祖母は、いつもからっと明るい表情をしていたが、たった一度か二度、もはや遠い日の記憶になったであろう生母や継母、露伴のことを思って涙していたのを覚えている。おそらく七十歳を超えていたのではないだろうか。長年、祖母の近くにいた母でさえ、そんなときはそっとして、祖母が自力で回復するのを待つより仕方ないと言っていた。それほど祖母の幼少時代の思い出はつらく、悲しみは深かった。孫の私がいくらことばを費やしたところでなぐさめようはなかった。

幸田文を理解しようとするなら、こうした境遇と切り離すことはできない。けれど、祖母の人生で見るべきところは、どれほど不運だったかではなく、重なる逆境からどう立ちあがり、自分でも時として扱いかねる強い自分の機嫌をとって、身をまもり、その後の人生をいかに平安に楽しみ多く生きたかにあると思う。

祖母の生涯の心の支えとなり、核心ともなることばを露伴が贈っている。「わたしの転機」と題された講演のまとめに収められている。

「わたくしの父は、ある時に言いました。おまえは、心の中に醜いところがどっさりある、って。そのために泣くことが多くってかわいそうだ。(中略)おまえのそのやな性格っていうのは、おれはどうしてやることもできないけれども、その、足りないところ、欠けたところっていうのは、かがんだ姿勢とおんなしなのだ、と言いました。それは立つ時には倍の力になる。泣いているおまえを見ると、かがんでいるから、あいつはいまに立てる、立つときには、きっと勇気をもって立つだろうと思う。おまえは、その欠けたところを、いいところと同じようにかわいがって、もってってくれなあ、って。それが生んだ者がはなむけることばであり、親の心っていうもんだ、って言ってくれたことがある」（わたしの転機）

世の中に完全無欠な人はいない。幸運ばかりの人生もない。時に涙して、かがみこんでしまっても、必ずまた立ちあがれる。そして立つときには「倍の力を持て」とは、なんと力強く心に響くことばだろう。苦しいときには往々にして身にしみている自分の不甲斐ないところ、弱いところも自棄しては始まらない。性格に善悪はなく、今、弱みとなっているところも、状況次第で強みに転ずる。欠けた部分も、見方を変えれば、養生してこれから先もっとも変われる希望を秘めた部分なのだ。

こうして露伴の激励で困難に立ち向かい、中央突破をはかる祖母に対し、母は別の処世術を持っている。「私には露伴を超えていこうなんて気概ははなからありゃしない」と笑う母には、もちろん祖母と似たところもたくさんあるのだが、総じてやさしく、おとなしい。でも、だからこそ、困難に真正面からぶつからずに時間をかけて、「そんなに捨てたものでもない。きっとなんとかなるはず」と持久戦に持ちこむ。自分の機嫌をとるという点では、祖母より母のほうがはるかにうまく、「自分の機嫌だからって思うさま荒らしちゃだめよ」と口癖のように言う。

困難に遭ったとき、露伴と祖母直伝のバネの力でぐっと立ちあがるか。まともなぶつかりあいを避ける母の「柔能《よ》く剛を制す」に倣《なら》うか。母は、私は祖母派だと断言するが、私自身は母の生き方のほうがエコな気がする。どちらも、要はマイナスをプラスに換える、逆転の発想が根底にある。

終わりよきもの、みんなよし

【おわりよきもの、みんなよし】たとえ出だしが悪くても、途中がうまく運ばなくても、終わりがよければそこに幸せがある。文が自分の人生に照らしあわせて言っている。

私が足かけ十二年暮らしていたドイツから帰国して書く仕事を始めたばかりのころ、好意的な表現であることは承知しつつも、露伴から祖母、母、私と「四代つづくもの書き」と言われることにとても違和感があった。

代々とは、バトンの受け渡しの意識が渡す側と受ける側の両方にあってこそつづくと言える。だが、母方の家の場合、祖母の書き始めはほぼ曾祖父との入れ替わりであり、祖母は自分が他界したあとに、母がまさか六十四歳になってから書くとは想定していなかっただろう。ましてや私までとは、自分でも思いもよらぬなりゆきである。

曾祖父、祖母ともに、次の代が同業に就くとわかっていたら、伝えたいことがあったに違いない。よしんばなかったにせよ、ないとひとこと伝わっているかどうかで大きく違う。私たちの間にはその確認がなされていない。

では、継がれているものはなんだろう。

ここで「ことば」と即答できればまるく収まるのだが、そう簡単には終わらない。祖母が一九六八（昭和四十三）年に書いた「相向いの座」という随筆の中で、しつけ、ことば、食という観点から何が継がれ、何が消えているかについて考察している。ことばについては以下の通り。冷静、かつ、にべもない判断がくだされている。

「料理や掃除は一人でも向上できますが、言葉は相手がぜひ必要です。私のところは父の死後は、もはや下落一方です。やかましくいう人がいなければ、とっとと悪くなるばかりでなく、よかったことも忘れ果てて、思いだそうにも思いだすよすがない始末です。（中略）「守る」というのはよほど強い人でないとできないことだと思います。父がきいたら、はて何処の国の言葉か、と皮肉をいうであろう言葉で、私たちは話している状態です。恥は感じていますが、恥だけでは失った言葉はとり戻せまいと思います。父の残してくれたものは、崩れ去りました」

露伴の他界とともに家のことばは崩れ去ったと、こうもはっきり断言されてはかなわない。だが、「相向いの座」の中ではこのあと母が祖母の話し相手として描かれていて、たとえことばは行き届かなくても、挨拶をしようという気力、心がけだけは残っていると主張し、祖母もこの点には同意する。

「言葉は失って、心だけが残っているとは情けないようでもあり、ほっとする思いもあって、顔見合わせて微笑します。（中略）私たちは無言では心がいたみます。これは神経でも知恵でもわざでもなく、心であるように思います。言葉以前の心だけがわずかに残っているのです。

折にふれてこんなことを語りあうと、なにかしきりに見知らぬ先祖代々から伝え贈られてきた、日本のいいもの、自分の国のいいもの、我が家のいいもの、そして私の夫のうちにあるいいもの、娘の夫のうちに伝わっているいいもののことを思わないわけにはいきません。何がいいことであり、何が伝えられ何が消えたのかをしのびます」（相向いの座）

考えようによっては、ことばだけが残って心が空っぽより、ことばはつたなくても心さえ残っていれば表現のしようはあるのかもしれない……と自分で自分をなぐさめていると、私の頭の中にある祖母の全集チェックセンサーとでもいうようなものがポッと点灯した。この話の流れは別の作品でも読んだ気がする。さて、どこだったか。探していた一節は、「にがて」という随筆の中にあった。

「挨拶とは、ことばでありマナーである。だが、その源は心ばえである。心がからっぽじゃ、ことばも、ことばに添えるマナーもない。

だから、挨拶が入り用なときは、その事柄へ心こまやかにするのが先決で、自然にことばは心にひっぱられて出てくる、と私は思う」（にがて）

確かに正攻法で言えば、心に引っぱられてことばが出てくるのだろう。だが、逆もまた真なりで、ことばを目にし、耳にすることで動かされる心もあるはず。心とことばが互いに密接な関係にあることは明らかで、両方ともうつろなら役に立たず、本質をつきとめようと追いかければ、追うほどにわからなくなるとらえにくさだ。伝えられたものはもはや片鱗となったとしても、心もことばも家族が共有した時間の流れの中で育まれ、残されてきたものである。

無論日々の生活には、既存のことばだけでは表現できない新しいものごとが次々に生まれている。新しいことばが必要とされ、まっさらな、時流に乗ったことばをとり入れた会話はいきいきと楽しい。

その一方で、ことばは日々の選択の上に成り立っている。さっき口にしたことばを、今もう一度使うのは手間いらずで気楽なことだけれど、使われなかったことばは無意識のうちに忘れられ、消える方向へ一歩動いたことになる。何か違う言い換えはできないものか。語彙《ごい》の手置きをよくしておけば、ふと自分でも忘れかけていたことばが顔をのぞかせ、そのことばから家族の思い出がよみがえることもある。

伝えられたことばと自分との対話は、地道な確認作業の連続である。思い違いも多く、それゆえに恥ずかしい失敗もする。自分の知識が足りないことを重々知りながら、うかうかと口にのせ、書き連ねているのが日常のことばである。これでいいと思えることは何ひとつないが、祖母が講演で幸福について語った一節があって、それがそのまま私のことばとのつきあいの指針になっている。
「はじめよきものおわりよし、とよく申しますが、だけどそれなら、はじめよくなかったものは、もう一生ダメみたいようで残念千万です。そうじゃなくって、私ははじめのでだしがわるくっても、中途からわるくなったのでも、一生けんめいにおしまいの方でよくして、最後でよくなれば、それでそこにやっぱり安心があり、幸福があるんじゃあないかと思うんです。終わりよきもの、みんなよし、と私はいいたい。幸福というものは、与えられたあとは、自分で一生けんめいに育てていくのがいいと思います」（女のしあわせ）
ことばとはなんとちっぽけな、でも、与えられた幸せを胸に使いつづけるものだと思う。

こぼれ種

【こぼれだね】場所違い、時季はずれの種であっても美しい花が咲くように、人の一生にも思いがけない展開がある。

木々の緑が萌えるころになると、今年もまたいい陽気になったと、ほっとひと息つく思いがする。普段は都会の添えもののように生きている街路樹や公園の木々も、このときばかりはめざましい生気を発散し、ぐんぐん、のびのびとした躍動感に植物は人とは違うリズムで生きていることを実感する。

子どものころ、私の家の中には植物に関心を持つことを奨励するような、逆に言えば、植物に無関心なのは心の豊かさに欠けるというような雰囲気があった。両親は植物が好きで、毎週末、天気のいい日は庭へ出ていた。ガーデニングなどというおしゃれなことばはまだない、庭いじりである。

祖母は植物全体、ことに樹木について知識が豊かで、庭木を目の前にしていても、心の眼でまるで山の景色を見ているような話をしてくれることがよくあった。私は引きこまれて聞いているのだが、木の名前や特徴を覚えるのが苦手で、聞いたそばから話は散り散り、断片となった。「都会に生まれ育てば、わかるのは銀杏《いちょう》とチューリップだけ」と冗談半分に言って、祖母を慌てさせ、おそらくはずいぶんと悲しませたのだろう。

祖母は折にふれて近所の小石川《こいしかわ》植物園へ植物の専門家に話を聞きに通っており、そこへ私も何度か同行させてもらった。その人たちと祖母と一緒に那須《なす》あたりへ、実地に樹木を見る旅へ出かけたこともあった。機会あるごとに、祖母も両親も、私が植物好きになるように仕向けてくれていたのだろう。

ところが、笛吹けど踊らず。なぜと言えるほどの理由はない。ただ、私には仕向けられることへのもやもやとした反発があった。子どもらしい天邪鬼《あまのじやく》と片づけることもできるのだが、自分と過去とのつながりを多少なりとも見通せる今になれば、子ども時代に思いこんでいたのとは違う側面も見えてくるし、背後に曾祖父・露伴の存在をつきとめることもできるようになった。

露伴は幼少の祖母に、日本に生まれたからには杉と檜《ひのき》の違いがわかるようでなければいけないとくり返し説いていた。私はこれを祖母からじかに聞いた覚えがあり、祖母の作品中にも、講演をまとめた記録にもこうしたことが書かれた箇所は多い。たとえば、昭和天皇の侍従長をお務めになった歌人で随筆家の入江相政《いりえすけまさ》氏との「新春対談日本の心」にはこんなくだりがある。

幸田　父がよく、日本は木の国だ、と申しておりました。だから松と檜もいっしょくたというような女では困る、檜と杉は見分けてくれなくっちゃいやだい、と言うのですが、子供の身にはなんのことかわからないままに、なんとか覚えなければならない。

入江　なるほど。わかりますよ（笑）。

幸田　そうしてずっと来まして、娘ができ、娘に子供ができ、その子もまあまあ大きくなって、やれやれこれで落着いた、これから自分の年とった新しい人生が始まる、と思った時に、ふっと、その木が出てきました。木が相手ならそうそう人様に迷惑をかけることもないでしょうから、木に心を開いてみようと思いました。ところが、あれはしゃべりませんですよ、木というのは。むしろ仏頂面をしている。

私の目に、植物は得意中の得意のように映っていた祖母にも、もの言わぬ木に手を焼いた過去があった。子どものころの祖母は祖母なりに植物が好きだったが、露伴が将来、植物学者にしようと期待した姉の歌ほど、植物の名前をすらすら覚えられたわけではない。それどころか祖母は早いうちから学問には向かない子という烙印《らくいん》を押されていた。

時代は明治から大正へという時期であり、露伴のみならず世の男親は厳格で、今のようにあの手この手で子どもの機嫌をとって、導いてくれたりしない。見こみがないと判断されればずばっと切り捨てられるのだが、そこには一縷《いちる》の望みが残されていて、祖母が自分から訊ねれば露伴は何かしらの答えをくれた。必要に迫られていれば、聞いた当人も身にしみて覚えられる。祖母はそれを露伴による「救いの教育」だったと回顧している。

「もともと学問や芸術への芽は、もち合わせなく生まれついたようです。芽のないものに枝や葉がひろがり、花実のつくわけがありませんが、ただ一つ持ち合わせたのは、感じる心、だったと思います。しかし、これは私だけ恵まれたものではなく、誰にも与えられている天からの恵みです。誰でも持つ普通な、いわば心に育つ芽です。私にはそれしか無いと、父は見極めたんだろうと思うのですが、感情というか、感動というか、それを父は刺激してくれ、感動、情感というものを大切にするようにと、指示してくれたのだと私は解釈しています」（思うこと）

祖母の植物とのかかわりは、決して素直なスタートではなかった。だからこそ余計に、人が手厚く地面に播いたのではなく、風か鳥か、はたまた虫に運ばれて、庭に芽吹いた芥子《けし》が大きな株に育ってうつくしい花を咲かせたとき、肩入れしたいような気分で心躍らせた。

その機をのがさず、露伴は自然に実生《みしょう》で育った植物を「こぼれ種」だと教えた。芥子の花に始まって菜の花へ、いきいきと展開する父娘の会話の様子は、「こぼれだね」と題した講演録の中に描かれている。

「例えば、菜のこぼれ種ですね。一度、菜の花が畑で咲いてしまいますね。（中略）種になるものだけ残して、あとは抜いてしまいます。そして、思わない所に春のうちに、もういっぺん芽を出して、細い茎に、こんな小さい丈のところに、小さな花、咲かせるんです。そして、この花が真っ黄色ですね。小さくて貧弱な花だけども、そしてそれを見て（注―露伴が）『こぼれ種も美しいじゃないか』と言ったとき、私、涙の出そうな程嬉しかった。あぁ、出来が悪いやつで、場所違いで、時節はずれのやつでも、こういうふうに綺麗にさくことが出来るんだと思ったときには、ひどく嬉しかったですよ。そして、そのことが深くございました」

祖母の植物への興味は、正統派の学問ではなく、感じる心という土壌の上にこぼれ種として発したものである。祖母は自分のことを「こぼれ種的性格」と評しているのだが、これは同様の「みそっかす」や「桂馬筋《けいますじ》」ということばに通じる表現である。ついでに言えば、「三つ栗《ぐり》の中のぺったんこのやつ」というのも、いかにも祖母らしくユーモラスなたとえである。

さまざまな樹木について取材を重ねて描いた『木』という随筆があり、その中に「アテ」と呼ばれ、内部に歪《ゆが》みや瘤《こぶ》を抱えているがゆえに等級外と除外される木を、製材所に無理に頼んで挽《ひ》いてもらうくだりがある。アテは悪い木、厄介者と言われるなら、どう悪いか、アテが背負わされた業《ごう》を切りひらき、しっかり自分の目で見届けようとする。そこに自身を投影し、アテが切られる描写はまるで我が身を切られるような痛みを伴っている。アテもまた、祖母の自己表現のひとつである。

千年の古藤のごとく

【せんねんのことうのごとく】 情緒の深い花のうつくしさは、年を経て醜さにも似た根元があるからこそと心に留めて老いを生きる。

庭で草とりをしていると、抜く、抜かないの選別に迷うことがある。所詮、人の勝手なふるいわけにすぎないのだが、一方で、生えたものにとっては私の手の動きひとつが生死の境になる。甘いことを言っていては庭はたちまち草ぼうぼうになってしまうから、決まりをつけるときはつけなきゃいけないと思って断行するのだが、猫の額ほどの庭でも、どこから運ばれてきたのだろうと思うようなこぼれ種の実生がいつのまにか生えて、小さな姿にいとおしさを感じるようになった。

こんなことを感じるようになったのは、ここ五、六年だろうか。知ったつもりの祖母の全集の中に、母について書かれた記述を見つけておもしろいと思ったことがある。一九六五（昭和四十）年に書かれた「くせ」という随筆で、祖母はいくら頼んでも自分の娘が庭掃除をしてくれないと、めずらしく不満をのべているのだ。「嫌がる言葉やさからう態度をするのではなく、静かで平穏でいて、それでしないで通してしまう」と。口にするそばから箒《ほうき》を手に掃除を始めそうな「動」の祖母は、じっと動かぬ「静」の母に憤懣《ふんまん》やる方ない。

ところが、母が結婚して所帯を持つと、私の父が庭いじりが好きなこともあって、一緒に庭に出て草をとったり、掃除をしたりするようになった。「夫の喜ぶところへはじんわり従っていくらしい様子である」（くせ）と、祖母は呆《あき》れつつも、好ましい変化と思って眺めている。

私はこの箇所を読んで、なあんだ、という気がする。子どものころ、うちの家族は全員植物に興味を持って、私ひとりそこまで好きになれずにまごまごしていたのかと思ったら、祖母も母も、のっけから大の植物好きというわけでもないのである。

母に聞けば、失敗談もあるらしい。私たちが小さかったころ、やる気を起こしてあいていた大きな金魚鉢に花を植えたことがあったが、子育てが忙しかったのだろう、つい水やりを怠って、父に「植物の干ものをつくる気か」とからかわれたという話をしてくれた。

私にとっての母は、もの心ついたときからこまめに植物の世話をし、私が億劫《おっくう》がって家から出ようとしなくても、黙ってひとりで玄関や庭、通りの掃除をする人である。祖母が自分の娘として見る目と、私の見方では、違いがあって当然ということか。

こぼれ種は母にとっても、植物と自分とを結びつける大事なメタファーなのだろう。実家の前にあって樹齢四百年とも言われる大きな椋《むく》の木をふりだしに、西に東に植物のいろいろな姿を取材して書いた連載のタイトルに、迷うことなく「こぼれ種」を選んでいる。

こんな風に曾祖父の代からの植物とのつきあいを眺めてみると、親譲りということばが自然に心に浮かぶ。親から子へというういとなみは、きびしい環境で育つ針葉樹の自然林では「倒木更新」となってあらわれる。倒れた親木の上に着床した種だけが、朽ちゆく親の養分を力にして生長することができ、いつしか親木が跡形なく土に還《かえ》っても、次世代の木が一直線に並ぶさまを見れば倒木更新を見てとることができるという話である。ここでは講演録「こぼれだね」から、祖母の話しことばにより近いかたちで引用しておく。

「倒れた親木、立派だ。文句一つ言わず、ずーっと真っ直ぐに倒れて、子だか孫だか知らない若木の、自分の養分を吸うに任せて、静かに文句もなく寝ているんですよ。それ見たら、親の悲しさと子の猛々《たけだけ》しさと両方で、私、生きとし生けるものが生き継いでいくので、親はこうなって、潰《つい》えて死ぬのかなあ、子はこうして育つのかなあと思ったとき、私禁じようもなく、涙を催した。（中略）悲しいけど、順送りというのは、こういうもんだなあ、親は親で立派で、子は子であくまで生きようとしなければ、生き継いでいくことはできないではございませんか。で、私もその音もない林の中で、

本当に涙こぼれて、困っちゃったんですよ」(こぼれだね)

木の取材であちこちを旅することを、祖母はよく「木に会いに行く」と言っていた。随筆『木』は、杉と檜の区別もつかないような女になってくれるなと、幼少の祖母に語った露伴のことばが出発点となっている。黙して語らぬ木に猛々しさ、凄《すさ》まじさ、切なさ、やさしさを見届け、命あるものの代々のいとなみを倒れた親木と、その上に育つ若木に投影している。

六十歳を過ぎて、庭で転んで右手を骨折してから、祖母は色紙へのサインを遠慮するようになっていた。それでも筆をとるときは、好んで「千年の藤のように生きる」あるいは「千年の古藤のごとく」と書いた。祖母にとって原風景とも言える藤は、幼い日に向島《むこうじま》蝸牛庵《かぎゅうあん》の隣で露伴に連れられて見た、廃園の池のほとりの藤棚である。夏には藤の花房を染めたゆかたを好んで身につけ、後年、藤の名所をあちこち訪ね歩いた。藤はこの世ならぬうつくしさと甘い香りで人を惑わす情緒の深い花をつけるが、年を経た根元は盛りあがり、からみあって、花とは見違えるばかりの複雑さ、醜さをも見せる。根も花も知りつくして、祖母は山奥の谷に人知れず咲く古藤を心に描いていたのだろう。

II

一事が万事

小どりまわし

【こどりまわし】多少の好不調があっても一定のレベルで保たれる手ぎわのよさを身につけよ。日々の暮らしの理想のあり方のひとつ。

文句なしに、いいことばだと思う。私にとっては暮らしの中の美意識であり、理想のひとつ。こんな風に日々送れたらどんなにいいだろう。

このことばを意識するのは、いくつか段どりのある作業をしているときである。わかりやすい例は家事だろう。どたばた、あたふたしない抑制の利いた動き。手もとがしっかりし、心身ともにざわつかない。頭の中では複数のことがらが同時進行で考えられているから、さらさらと滞りなくことが運ぶ。

祖母は小どりまわしということばを折にふれて使っている。たとえば随筆『回転どあ』に収録の「大げさ」の中で、「よく、器用なひとは小どりまわしだ、という。身のとりまわしが小さくつつましくないと、ものごと器用に埒《らち》があかないというわけなのかとおもう」とある。もともと家族の会話の中でごく自然に使われていたのだろう。十二歳の文に、父親である露伴が雑巾がけを教えている。「水のような拡がる性質のものは、すべて小取りまわしに扱う」。おそらくこれが作品として書き残した中では最初に使われた箇所ではないだろうか。

ことばには自《おの》ずと語感があって、祖母はこの歳ですでに小どりまわしの感覚を身につけていたか、まさにこのとき雑巾がけを通して語感を養っている最中だったのかもしれない。露伴はたった一度だけ、実際にバケツの水で雑巾をすすぎ、絞り、雑巾がけをするという一連の動作をお手本として見せている。

家事は日々のくり返しゆえ、その人ごとに手順、やり方、力加減、テンポなど、自然に慣れた感覚がしみついている。いつも通りの感覚からはずれれば、好調にしろ、不調にしろ、変化には気づきやすい。

好調の例で言えば、日ごろ気にかけながら手つかずになっていたことが一気に片づく折がある。台所まわりに限ってだが、そんなとき母はちょっと古めかしく「荒神様《こうじん》のお許し」が頂けたという。三宝荒神様《さんぼう》は火とかまどの神様で、京町家のおくどさん（竈《かまど》）の上にお札が貼ってあるのを見かけたことがある。実家にはお札はないし、信心とも無縁なのだが、荒神様は三面六臂《さんめんろっぴ》の怒りの相を持っている怖い神様だ。そのお許しがあったからこそ、いつも以上にてきぱきと効率よく働くことができたのだ。達成感で晴々と笑顔の母は、「今日は荒神様のお許しで、やっとの思いで〇〇が片づいた」と、少しおどけて頭をさげる。その習慣を持たない人から見れば奇妙な光景かもしれない。私はさすがにお札を口には出さないが、心の内で唱えておく。荒神様の存在が日々の生活を少しばかり豊かに、そして自分の能力を過信することなかれと教えてくれる。

反対に、何か大きなストレスがかかると、いつも通りの家事にとたんに狂いが生じる。ほかに気にかかることがあって上の空だとか、もうすぐお客様がやって来る時刻なのに支度が間にあわないとか。そういうときこそ自分でも穏便にすませたいのに、まごまご手間どって、何かにけつまずいたり、手をすべらせたり。粗末にされた食器も道具も、そっちがそんな扱いをするなら、壊れちまったって構うものかとでも言いたげな、実に耳障りな音を立てる。思わずぎょっと身をすくめて、自分はなんとがさつなのだろうと反省する。いつのまにか人生は半ばまで来てしまったのに、これではまだ自分が願うところの半分にも達していないではないか、と。

小どりまわしであることは、こうした日々の出来・不出来の波を超えて、鍛錬の結果として一定のレベルで保たれる手ぎわのよさだと思う。それを体現しているのが、小説『台所のおと』の主人公・あきだろう。

あきの夫で料理人の佐吉《さきち》は、自分の病が命とりであることをすでに察している。終盤に、障子越しにあきがすりおろした慈姑《くわい》を素揚げにしている音を耳にして、佐吉が雨かと間違える場面がある。その夜、本当に降り始めた雨音に、佐吉は、「ああ、いい雨だ、さわやかな音だね。油もいい音させてた。あれは、あき、おまえの音だ。女はそれぞれ音をもってるけど、いいか、角《かど》だつな。さわやかでおとなしいのがおまえの音だ。その音であきの台所は、先《ま》ず出来たというもんだ」と語る。

この小説ではモデルとなった人や場面が複数あったと母から聞いているが、慈姑の素揚げを入れたお椀を好物にしていたのは露伴であり、晩年には実際に祖母がおろした慈姑の素揚げの音を雨と聞き間違えたことがあった。

小説の中には不思議と小どりまわしということばは出てこない。けれど、「物事は何でもいつの間にこのしごとができたかというように際立たないのがいい」（あとみよそわか）と教えた露伴と、『台所のおと』で、夫の病状に心細さを抱えながらも気丈に、けなげに台所に立つあきの姿は根底のところでつながるものがあり、両者を結びつけているのが、小どりまわしということばではないかと思っている。

残念なことに、近ごろ慈姑は年末のごく限られた時季にしか手に入らなくなった。家では欠かさず求めて、お正月におろした慈姑の素揚げをつくっている。さわさわとやさしい音で油がはねる心配がなく、色は明るい狐色。そのままでお皿に盛って形よく、ほろ苦くこくのある味は実に品のいい肴《さかな》になる。お正月の忙しい台所で、慈姑はこちらの腕の足りないところを補ってくれる。

小どりまわしを日々の暮らしの理想のあり方のひとつとしたとき、その逆は即、悪なのかというと、一概にそうとは言えない。

たとえば、祖母は六十歳から十年間、奈良県斑鳩《いかるが》の法輪寺《ほうりんじ》さんというお寺の三重塔再建の事業のお手伝いをしている。その折のことをふり返り、「建築というのは大取廻しの仕事である上に、時間がかかる」、「そして思ったことは、こういう取廻しの大きいことはもう二度とすまい、ということだった」（くさ笛）ということばの使い方をしている。確かに塔の再建は一軒家を建てるのにも増して、スケールが大きい。本来とりまわしが大きい性質のものは、大きくあって当然である。

ここで、冒頭に引用した随筆の「大げさ」に戻ろう。ほんの短い作品なのだが、その終わり近くに刺繡《ししゆう》を商売にしている女の人が出てくる。刺繡台のまわりが散らかっており、祖母は密かに自分ならそんなに散らかしはしないものをと思って見ている。だが、いざ自分でも刺繡をしてみると、桜の花ひとつの稽古縫いで畳三枚いっぱいに広げた。刺繡の名手に「どんなに散らしてもいいけど、座を立ったとき、足の運べるスペースだけは取っておいて下さい。私ははばかりへ立つのに、ものを跨《また》いで行く姿をみにくいと思ってます」と釘をさされて、勝負あり。そして「大げさで大取廻しの女は喜ばれまい。ふしあわせの影がつくような気がする」と締めくくっている。

ものにはすべて収まるべきスペースがある。大きなとりまわしをすべきところで、ちまちま縮こまっていては役立たずだし、日常の生活にコントロール不能の大きさを持ちこんでは騒々しいだけである。自分の分を知って、身軽に、小どりまわしに生きていければ、その余《よ》に願うことはない。

刺繡の名手が使っている、はばかりということばも昨今、めっきり聞かなくなった。祖母の時代はご不浄とまで古めかしい表現はしなくなって、居間のトイレは早々と洋式をとり入れていた。それでもその場所を、祖母は終生はばかりと呼びつづけた。

この原稿を書くために、私は机まわりに祖母の全集を六冊も散らかしている。あるものは函《はこ》から出してページを開いたまま、またあるものは栞《しおり》をはさんで。文庫も単行本も、辞書も散乱している。

せめて立つときは、出しっぱなしの本を片寄せてからにしよう。さすがに本ばかりは、跨ぐ気がしない。

女はどんなときでも見よいほうがいい

【おんなはどんなときでもみよいほうがいい】自分が人にどう見えているか、第三者的視線でチェックする鍛錬を積めば、自ずと恥ずかしくない立ち居振る舞いになる。

これを言ったのは露伴である。今の時代に男性が言ったらセクハラか、上から目線と嫌がられることは間違いない。私だって面と向かって言われたらかちんと来る。ただ、そこには幾分の真実も含まれているわけで、他人から言われて嫌なことも、自分の心の物差しとして持っていて悪いことはなかろう。女と限定されれば腹も立つが、男女を問わず、何をしていても、ぶざまであるより見よいほうがいいに決まっている。

露伴がこれを言ったのは、前項と同様、思春期まっさかりの文に掃除の仕方を教えている場面である。

天井の煤《すす》をはらったあとの箒を縁側ではたいているところを露伴に見咎《みとが》められ、「そういうしぐさをしている自分の姿を描いて見なさい、みっともない恰好だ。女はどんな時でも見よい方がいいんだ。はたらいている時に未熟な形をするようなやつは、気どったって澄ましたって見る人が見りゃ問題にゃならん」(あとみよそわか)と言われる。はい、ごもっとも。反論する気も起こらない。そんな気も失《う》せるほどの知力と圧力でかかってくるのが曾祖父、露伴である。

もう十五年ほど前になろうか、テレビ番組の収録で、インタビューの合間にはさむカットとして日常のひとこまを撮影したいから、家の前の掃き掃除をしてほしいと頼まれた。無論、断ったが、「ほんの一分、まねごとでいい」とねばる相手に押されて、不本意ながら折れた。そして、映像にとりこまれた自分の姿を見て恥じ、他人から指摘されて心おだやかにいられなかった。掃除をしているときに見よげでいられるなら、その時点ですでにどこへ出されても恥ずかしくないとりなりを身につけているだろう。私は今もって掃除をしているところを他人様《よそさま》に見られたくない。

掃除はさておき、見よいかどうかを判断する基準は、時代や環境によって変わる部分もあるのではないだろうか。

それがあらわれているのが、きものを着たときの手と袂《たもと》の扱いである。明治のころの写真を見ると、女性はきものの袖を前で交差するようにして、両手をすっぽり隠して写っていることが多い。手という部位は、持ったり、つかんだり、身体の中でもかなりよく動く、つまりは働く機能を備えており、そこをむき出しにすることは人前でははばかられたのかもしれない。

今、この形は京都の舞妓さんの振り袖姿など、花柳界にわずか残っている。邦楽の舞台で、発声や演奏をしていない間、袴《はかま》の中に両手を入れているのも、深いところではつながっているのだろう。

こうした人前で改まったときに手を隠す習慣が、時代がくだるにつれて、一般家庭から徐々に消えてゆく。それは洋装が増えた影響なのか、写真を撮ること自体、もはや一大事ではなくなったからなのか、私には詳細はわからない。

幸田の家の写真を見る限りでは、露伴の妹の幸田延《のぶ》と安藤幸《こう》が西洋音楽を習うためにアメリカやヨーロッパへ留学する前後で手の扱いが変化しているような印象を受ける。挨拶としてまっ先に握手する国へ行けば、手の出し方に気をつけることはあっても、隠すことはもはや不自然であったろうし、帰国後もいったん変わった意識はもとに戻ることはなかったのだろう。

母にこのあたりのことを聞いてみても、「言われてみれば、確かにねぇ」と遠い記憶をたぐり寄せようとしてみるのだが、はっきりしない。振り袖を着た撮影で袖を前に直された記憶がぼんやりとだが一度あるらしい。その一方で、いつのころから堅気の家では、たいしたきものでもないのに、ご大層に袖をもちゃくちゃいじることを逆に恥ずかしいと思う風潮が生まれ、変化していったようだ。手がまともに写るのを避けたければそれとなく後ろへまわしたり、写る場合は指先をきちんとそろえるように意識したことは覚えているという。

写真撮影のとき、手のやり場に困ることはままある。形ひとつで、見よげにもぶざまにもなる。ただ、その見よげであるという基準も、時代や環境で変わることがあることを知っておいて損はない。

晩年の祖母は手の甲をつまんでつくった皺《しわ》がなかなかもどらないのを眺めて、「もうすっかりおばあさんの手だよ」と笑っていた。そのまなざしはいとおしげで、あとから両手をまるくしてやさしく甲をなでていた。「手」という随筆では、「女の手は美しいに越したことはないが、なあに、すっきりしていれば鬼の手は上々だ」とも言っている。

生まれだちのうつくしさに恵まれなくても、歳を重ねて皺が寄っても、自分の手を大事に扱うしぐさは見よげだという気がする。

身上も軽けりゃ身も軽い

【しんしょもかるけりゃみもかるい】財産も見栄も体裁もいらないささやかな生活なら、心を縛られることなく好きに振る舞え軽快でいられる。

「身上」ということばはおもしろい。前後の意味を考えてからでないと、「しんしょう」か「しんじょう」か、単に字面《じづら》だけでは読み方もアクセントも決められない。「しんしょう」なら、「しん」が高く、「しょう」が低い。「しんじょう」となれば平板で、「心情」や「信条」と同じ発音になる。

ふたつの「身上」の意味はどうなのだろう。

小学校高学年か中学生のころから、わからないことばの意味やとっさに思い出せない漢字を調べるとき、辞書をこまめに引くように習慣をつけてくれたのは母だった。初めのうちは母に直接聞いていて、その場で教えてもらえることもあっただろうが、いつのまにか「自分で広辞苑を引いてみなさい」と言われるようになった。それが億劫だからつい聞いていたのだし、横着を指摘した母は今にして思えばもっともだった。

さて、その「身上」だが、『広辞苑』では「しんしょう」は「①一身に関すること。身の上。②身分。地位。③身代《しんだい》。財産。④家計。くらしむき。⑤（芝居の楽屋用語）給金。⑥とりえ。値打ち。本領。しんじょう」。

「しんじょう」は「①からだの表面。②一身に関する事柄。みのうえ。③その人が身につけているとりえ、値打ち。↓しんしょう」となっている。

ことばの意味からだけでは、なぜ「身上」がアクセントの異なるふたつの読み方をされるようになったかはわからず、「身の上」とか「とりえ」といった意味は両方に共通しており、これでは知っているつもりでいた「身上」の使い分けが急にあやふやになってくる。

個人的には「しんしょう」と「しんじょう」ははっきり異なる語感で、「しんしょう」は民謡『会津磐梯山《あいづばんだいさん》』の小原庄助《おはらしょうすけ》さんが「朝寝朝酒朝湯が大好きで　それで身上つぶした」という、身代、財産という意味にプラス社会的身分といった意味でとらえていた。一方、「しんじょう」となると、もっぱら「身上調査」とか「親しみやすさが彼の身上だ」といった使い方をしている。

ここで立項している「身上も軽けりゃ身も軽い」の読み方は「しんしょう」で、これを口にするときは祖母も母も、発音はほとんど「しんしょ」に近い。

祖母の書いたもので引用するなら、「その日その日の老い」という随筆の中で、歳をとると何をするのも軽くなるという趣旨でこんなことを書いている。

「軽い。身軽、気軽。軽いということは、少ないということ。身上も軽けりゃ身も軽いという。財産のない、みえも体裁もいらないささやかな生活なら、心を縛られることなく好きに振舞えて、軽快である」(その日その日の老い)余分なものを持たぬ庶民の気楽さを、多少の自虐をこめておもしろがって言っているような気がする。

私が十三歳のとき、祖母に母とおそろいで鹿の子《かのこ》のきものを誂《あつら》えてもらうことになり、絞りと染めとどっちがいいかと問われた。手のこんだ絞りのほうがきものの価値は上だろうが、そのころ私は絞りのぽってりした感じがあまり好きではなく、迷うことなく染めを選んだ。「身上も軽けりゃ身も軽いってね。まあ、いいだろうよ」と祖母が機嫌よく笑っていたのを覚えている。

このことばに特にことわざめいた教訓があるわけではないし、おまじないではないので言ってどうなるものでもない。そのせいか、これまで祖母、母以外の人が「身上も軽けりゃ」と言うのを聞いたことがない。唯一、私が知っているのは、落語の「品川心中《しながわしんじゅう》」で遊女、お染《そめ》が桟橋から海へ身を投げた金蔵《きんぞう》へ向かって言うせりふとしてである。

ここでも「しんしょ」と軽く発音されているのを聞いて、思わぬところから賛同を得たようで嬉しく、漠然と江戸らしいことばの響きのように感じた。

⼇に乂

【なべぶたにねこのひげ】「文」は「⼇（なべぶた）に乂（ねこのひげ）」と露伴が教えた。名前には音や文字を決めるまでの親の思いがこめられている。

持たぬ者の気楽さということから転じて、名前の話をしようと思う。母方の家の女性の名は、文、玉、奈緒というように「子」がつかない。名前は時代によって流行《はや》りすたりがあり、今の女の子にはほとんど子がつかないそうだが、私の世代は子がつくほうが圧倒的多数だった。子ども時代に私が子の字をバランスよく書けないのは自分の名前にないからで、永遠に練習不足なのだと言い訳にしていたことがある。

それはさておき、子のつかぬ理由だが、子はもともと平安時代の貴族の女性につけられていた美称であり、有名なところでは中宮定子《ちゅうぐうていし》や中宮彰子《しょうし》がその例だという。それゆえ私たちのような下々には必要ないというのが露伴の考え方だった。

ただ、呼び名としては、子がないと少々音がきつくなることがあるので、年長者や親しい人が好意で子をつけて呼んでくれる。私信などでは祖母は「文子」と書くこともあったが、本来は露伴が幼いころに教えた通り、「亠（なべぶた）に乂（ねこのひげ）」で、文なのである。

母の名の玉は、音から考えれば珠も考えられたはずで、珠となれば同じ球体でもうつくしいもの、良いものを意味する。母は露伴に、玉の字は自分次第で玉《ぎょく》にも、ビー玉にもなり得る字だと言われたという。角立たない丸さは母の性格に似あっている。

ついでに私の名についても書き添えれば、発音のしやすさから「なお」という音が決まったらしい。漢字は「尚」を心づもりしていたら、先に生まれた兄のため父方の祖父がこの字で「たかし」と名づけた。私が生まれたときにはふたたび「なお」が候補となり、母方の祖母・文が好きだった「緒」の字を入れた名をつけてくれた。

ただ、この「緒」の字は旧字である。旁《つくり》の「日」の上に点がひとつつくだけの差だが、自分で書くときは常に意識するし、余分に与えてもらった点が心のよりどころで、愛着を持っている。だが、何も言わずにわかってもらえる名前とは違い、他人に表記してもらうときには説明がいる。同じように点がつく「寛《ひろ》」子《こ》さんとか、偏が冫の「涼《りょう》」子《こ》さんとか、こうした名前を持つ人の間で手紙のやりとりをすると、ひときわ丁寧な心のやりとりをすることが多いように思う。名前が結ぶ連帯感とでも言うのだろうか。

ところで、祖母の全集は初期のものは旧仮名遣いで書かれており、この本では部分的に表記を改めて載せている。あるとき引用箇所を探していて、ふと別の箇所に目がとまった。「浮みあがってくる情景」と書かれており、それは「浮びあがって」の誤植ではなかった。祖母は「び」というあまり響きのうつくしくない強い音を避けて、やわらかな「み」に言い換えることを時おりしていた。同様の例で言えば、「選びました」も「選みました」となる。祖母が誰かと話をしている音としても記憶にあるし、手紙の文面でも目に浮かぶ。

「び」から「み」への変化は、それ自体、決してめずらしいことではない。「さびしい」と「さみしい」は多少ニュアンスに差こそあれ、両方とも今でも使われている。語源としては「さびしい」が本来のかたちで「み」への変化は江戸時代以降になってあらわれたという。たった一音のことだが、祖母は自分の発する音に気をつけていたのだろう。

身についたことばだけでなく、他人様のことばでも、やさしくうつくしい音には敏感に反応していた。

奈良、斑鳩の法輪寺さんの三重塔再建の折には、東京の自宅と斑鳩とを頻繁に往復し、そのうちの一年ほどはお寺近くに移り住んで、塔が建つ様子を見届けた。

お寺へ伺えば御住職のみならず、ご家族の皆様にも親しくして頂いていたが、当時の御住職の奥様の口調がいかにもものやわらかで、せっかちな関東では聞かない響きだと感心していた。それも非常に具体的で、「たくさんに頂戴致《ちょうだいいた》しまして」と言うときの助詞「に」の使い方である。普通に言えば「たくさん頂戴致しまして」となるところ、一音「に」を入れることで、「たくさん」の部分が強調され、全体におっとりとやさしい言い方になるという。祖母にとっては自分の身体に覚えのない表現だったから、余計にはっと気づいて心に留めていたのだろう。

どれもこれも小さな発見だが、そこに思いがけないニュアンスの違いがうまれ、ことばに対して敏感でありたいという心が伝わっている。

人の暮らしには、寝るにも起きるにも音がある

【ひとのくらしには、ねるにもおきるにもおとがある】 台所の音が象徴するように、暮らしの音に耳を澄ませば、その人、その家族のなじんできた生き様が推し量れる。

祖母は娘のころ露伴に「京都のおんなのひとはやさしいといわれているが、どういうところをやさしいと思うか」と問われている。短い随筆「台所の音」の中の一節に、「ものいいがやさしく、立居ものごしがやさしい、などとそんな表側のことだけに感服していては駄目で、台所へ気をつけてみるんだ、といわれた。鍋釜や瀬戸ものへの当たりのおだやかさ、動きまわる気配のおとなしさ、こういうところにしみだしている優しさを考えると、これは決して付焼刃《つけやきば》や、一代こっきりその人だけという、底の浅いやさしさではないと思う。女代々伝えてきた、厚味のある優しさがうかがえるものだ、と教えられた」と書かれている。

狭いところで軒を並べて暮らしていれば、その土地に何代も前から伝わる音があり、たとえよそからのお嫁さんが異質な音を持ちこんだとしても、それは一時のこと。落ち着いた暮らしを送るうちに、いずれ家にも土地にもなじんでしまう。今の都会のマンションのように、隣に誰が住んでいるか、引っ越し以来一度も顔をあわせたことがないというような暮らしぶりとは大きく異なる。

随筆の中で、祖母は人生の波風荒い日々に台所に立ち、荒っぽい音を立てては、さぞしっとりしているであろう京都の台所の音を思って意気消沈したと書いている。

やがて京都に赴き、台所の音を聴くという念願かなう日が来るのだが、それは「静かではあるが私の想像していたものより、はるかに間拍子《まびょうし》の早い音だった。多分、父もきけば音の刻みを、その時より早間《はやま》だというだろうと思う。時代がそういう早い刻みになっていることを思った。ところどころの台所の音をききつつ行けば、それはたしかに、決して疳《かん》高くはないひびきだった。私は自分がいま老いたのになお、きゅうりをはやす俎板《まないた》に、なんと疳高い音を打ちつけることか、とくらべくらべ歩いた」(台所の音)とある。

ここにまたひとつ、書きとめておきたいことばがある。きゅうりを「はやす」とは、さすがに私も日常では使わない。「はやす」は「生やす」で、「切る」の忌詞《いみことば》である。

このことばについて母と話をしていたところ、京都の台所とは対照的なエピソードをひとつ教えてくれた。

母が小学生のころ、近所のお医者様のお宅に若い女性の看護師さんが新しくやって来た。お昼の支度で刻みものをする音が狭い路地のこちらまで聞こえてきて、トントンという音のあまりの調子の良さに、何かの折に祖母がお医者の奥様にそのことを言うと、奥様は困ったような顔をして「今度、きゅうりか何かはやしているところを見に来てください」とおっしゃった。後日、そっと覗《のぞ》いてみると、その人は強度の近眼で野菜を押さえるのが怖いので、庖丁を握って片手だけでたたき切っていた。「音だけはやたら調子よかったんだけどね」と、祖母もびっくり、尻尾を巻いて退散したという。「きゅうり」と題した随筆に、内容を少し変えてこのときのいきさつが書かれている。

同じくド近眼の私にはなんとも笑えない話なのだが、母の子どものころには日常的に「切る」という表現に忌詞を使っていたという一例にはなるだろう。

「人のくらしには、寝るにも起きるにも音がある。生きている証拠のようなものだ」と、祖母は「台所の音」の最後を締めている。

随筆「台所の音」とは別に、祖母には小説「台所のおと」があり、こちらは小料理屋を舞台に随筆とはまったく別の話が盛りこまれている。私の好きな五作品を選べと言われたら、迷わず入れる一作だが、着想のきっかけとなっているのは、やはり若い日に台所の音に耳を澄ませと言った露伴のことばだったのではないかと思う。

知識とは伸びる手、わかるとは結ぶこと

【ちしきとはのびるて、わかるとはむすぶこと】 新たに得た知識が既知の何かと結びつくとき、そこには思いがけない驚きがあり、大きな視野でものごとを眺めるきっかけになる。

二月は寒さの底と言われる。

体感的には、年明けの胴震いするような寒気も負けてはいないと思うが、二月はもうあとひと月で春を実感できる三月と隣あわせという点で、やはりここが我慢のしどころ。気持の上でも底を打つ感があるのだろう。

毎年、この時季に決まって思い出すたとえがある。祖母はあるとき露伴に「本を読んでものがわかるとはどういうこと?」と訊ね、「氷の張るようなものだ」という返事をもらう。これだけではまるで禅問答のようだが、水面に氷が張るところをイメージして、つづきをご覧頂きたい。

「一ツの知識がつつと水の上へ直線の手を伸ばす、その直線の手からは又も一ツの知識の直線が派生する、派生はさらに派生をふやす、そして近い直線の先端と先端とはあるとき急に牽《ひ》きあい伸びあって結合する。すると直線の環《わ》に囲まれた内側の水面には薄氷が行きわたる。それが『わかる』ということだと云う」(結ぶこと)

ここから祖母は、知識とは「伸びる手」であり、わかるとは「結ぶこと」だと理解するようになった。

この話を、私が祖母の随筆として読んだのは大人になってからで、より鮮明に覚えているのは母が話して聞かせてくれたときだった。脳裏に氷の結晶のクローズアップと、その結晶が枝葉を伸ばしてゆく様がくっきりと浮かびあがり、なるほど、わかったという気がした。

知識を得るために本を読むこと、すなわち勉強は決して私の得手ではない。もしもこの比喩が、春先にめざましく萌える若葉か何かだったら、自分とは無関係な話と聞き流していただろう。だが、生きとし生けるものがじっと息をひそめるように寒さをこらえる冬のさなか、ルーペで覗いてやっと認められるほど小さな氷のなりたちが知識を得ることの出発点と教えられたことに親近感を覚えた。

いかに小さくとも、新たに得た知識が既知の何かと結びつくとき、そこには思いがけない驚きがあり、普段の地道なとり組みを離れて、スケールの大きな視野で眺めることができる。かすかに感じる運命的なものが、すなわち学ぶ喜びなのではないだろうか。そんな瞬間をごくたまにしか味わえないのは、怠け者ゆえの悲しさである。

薄氷がさらに枝葉を伸ばし、厚みも増してゆけば、より堅固に広大に、いずれは流氷や北極のような大きさにもなるのだろう。私はついぞ会ったことのない曾祖父・露伴に、そんなイメージを重ねて思ったことがある。

さて、東京に暮らしていると、冬場に乾燥はつきものである。私の子どものころは夜ごと「火の用心、マッチ一本火事のもと」と夜まわりの人たちが声をあわせ、拍子木の音があたりを心地よく引き締めていた。母は「火の用心さっしゃりましょう」という言い方にのどかななつかしさを感じるという。町内会のおかげで今も家の界隈には夜まわりが残っているが、マッチを使うことは少なくなって、「火の用心」と言ったきり尻切れとんぼなのは少しさみしい。

この時季、お天気が崩れれば、降るのは雨か、雪か。雪は降るという言い方のほかに、「舞う、落ちるという。霰《あられ》や雹《ひょう》は打つ、露は結ぶ、氷は張る、霜はおりる、置くという。どれもみな神経の行き届いた言葉使いで、実にうまいし、うつくしい。霜のおりる、置くという言い方など、私はほんとうに好きだ」と、祖母は「霜」というタイトルで書いている。

「おりるには微妙な速度があらわされているし、置くには静かにそっとした、がさつでない趣きがある。霜の出来かたただの形状だのを、よく言いとらえているのである」

ここで祖母が目を留めているのは霜であって、同じ霜の字がついていても、霜柱についてはは後ろのほうでほんの少し触れる程度に留めている。両者は似ているようにも思われるが、違いははっきりしている。『広辞苑』で霜は「空気中の水蒸気が地表や物に接触して昇華し、白色の氷片を形成したもの」であり、霜柱は「土中の水分が地表にしみ出てきて凍結し、細い柱状群となって上方に成長するもの」である。要は水分のある場所が空気中か土中かなのだが、「おりる、置く」の霜を評価するなら、霜柱の「立つ」もまた、実に言い得て妙ではあるまいか。祖母はさまざまな水の形態の表現について、「われらの先祖はまったく上手に言う才能をもっていたもので、今さらながら感じ入ってしまう」とまで書いているのに、なぜここに霜柱も含めなかったのだろう。

思いあたる節はないでもない。ざくざくとした霜柱はてっぺんに薄く表土をのせており、陽ざしとからっ風にあって水分が蒸発すると、表土はカラカラに乾いて地割れしたように浮きあがる。祖母はこれを嫌って、庭の霜柱が解けぬうちに根こそぎすくいとっては逆さまにひっくり返し、表土を地面に返そうとしていたことがある。こんなことをしたところで、ささやかな抵抗という程度の効果しかあるまいが、いずれにしてもあまりうつくしい景色ではない。

霜と霜柱。同じ水一族には違いないが、このふたつを一緒に書いたら、誰もが知っているであろう、子どものころに霜柱を踏んで遊んだ感覚がよみがえる。足元でドロドロに解けた霜柱の印象の強さに、霜ははかなくかき消されてしまうと思ったのかもしれない。

祖母が描きたかったのは、繊細でありながら、植物の葉や茎にまとわりついて生気を奪い、ぐったり萎えさせ枯らすほどの霜のはげしさ。その一方で、野菜のあくを消し、旨味《うまみ》を増してくれる霜の威力である。

「多分きっと私はどこか、霜にひかれるところがあるのだろうと思う。それはもしかすれば無意識のうちに、自分のあくをもてあまし、あく抜きしてもらいたいといった願いがあるからかもしれない」（霜）

身近な水の変容をつぶさに観察し、そこに感情をたくみに織りまぜ、最後にふっと自分に引き寄せ考える。祖母が一生を通じて鍛えあげた書き方と言ってもいいかもしれない。

桂馬筋

【けいますじ】やめておいたほうがいいと思うことをわざわざしてしまい、あとに引けなくなったり、真面目な場所でひとり滑稽に感じたり、ひと筋縄ではいかない性格。その心の中にやさしさや悲しさを抱えている。

祖母が自分で持てあましているという、あく。あくは植物ではえぐみや渋みだし、肉を煮ればまず一番にすくいとって捨てられる雑味である。人に対してあくが強いと言えば強烈な個性。つきあいにくい人の部類に入るだろう。

では、なんでもあくを除けばいいかと言えば、それも違う。抜きすぎては野菜がそのものの味を失うように、人だってすっきりものわかりが良すぎれば、その人らしさが消えて拍子抜けだ。

あくは、その人、そのものであるためにはなくてはならない、根幹に関わる個性。但し、度が強すぎると自身をも損なうおそれがあるものと表現すればよかろうか。だとすると、祖母の個性はなんだろう。

いくつか思い浮かぶうちのひとつが桂馬筋なのだが、このことばはどうやら辞書には立項されていないらしい。もとはと言えば露伴が祖母に言ったことばであり、背景となるエピソードは『みそっかす』の中の「おばあさん」で印象的に描かれている。

露伴は小さいときに犬がほしくて、両親に「世話一切御迷惑相かけまじく」と誓ってようやく飼ってもらうことになる。ともしいおこづかいで餌となる肉のこまぎれを買うのだが、露伴の母・お猷様は昔風で「二足四足は大嫌い」。仕方ないので、専用の穴あき鍋とこわれた七輪を外へ持ち出し、買ってきたこまぎれの竹包みを開けると、「こはそも如何《いか》に豚の鼻の頭が載っかっている。はすかいに切られて、粗毛が五六本くっついて、ぽこんぽこんと二ツ穴があいて。いかに何でも鼻を煮ることはいやなので、火箸でつまんで石の上へ置いて眺めると、はかなく悲しかったという」（おばあさん）

この話を聞いていた祖母はそのとき「おかしくなかったか」と聞き、露伴に「おかしいもんか。おまえはどうも桂馬筋に感情が動くようだから、人づきあいはよほど気をつけろ」といさめられる。

石の上に置かれた二ツ穴の豚の鼻を想像して、悲しさに心ふるわすか、そこに滑稽さまで感じとるか、はたまた気色悪く思うか。感情は人の根幹がゆさぶられて出てくるものであり、人それぞれの反応は致し方なかろう。

桂馬筋は将棋の駒の桂馬からうまれた表現で、もとより露伴は将棋好きである。私は決してくわしくないが、桂馬は二段前方のひと升右か左へ、ひとっ跳びに駒を動かすことができる。地道にひと升ずつとか、直線のみ、あるいは斜めのみといった動きに比べると変わり種で、馬ゆえにほかの駒を跳び越すことはできるのだが、後ろへは退けない。使いこなせるかどうかで、好みが分かれる駒だと聞く。

こんなところからも何やら性格めいたものが見えてくるのではないだろうか。個性的で、その個性が評価されれば人から深く愛され、反感を買えば素直さに欠けた、つむじ曲がりと嫌われる。

祖母の心の動きを読む露伴は、将棋をさす人が盤を俯瞰《ふかん》して眺めているのに似ている。桂馬という駒の長所短所を見極めた上に、なお愛情が垣間《かいま》見える。あからさまに欠点をあげつらっているのではない。おそらく祖母には情にほだされやすく、やめておいたほうがいいと思われることをわざわざしてしまう困った面もあるだろう。心の中にやさしさ、悲しさ、滑稽さ、割り切れないものもいっぱいに抱えて前へ走り、斜めに跳ぶのが桂馬筋なのではないかと思う。

もうひとつ、今度は祖母が他人の性格に桂馬筋を見ている例をあげてみよう。『女とくらし』という新聞連載に「いやな返事」という短文がある。

「女は和服でも洋装でも、いつも着るもので神経をたてているくせに、どうしてへんなことをいうんだろう。よく似合うからほめると、これきずもので特価品よという。新調で気分よさそうねといえば、これもらいものだから趣味に合わない柄だというし、いい生地ねといえば、バザーに出た古着だという」
聞いてこちらが当惑するような例をいくつかあげて、「なぜこう、あまり楽しから
ざる話、申しわけ的なこと、暴露的なことを、桂馬筋に返事するんだろう。ふしぎで
ある」と結んでいる。

いつだったか、これとよく似たことを私も経験している。十ばかり歳下のきもの好
きの女性がいて、彼女のきものは母親のお古ばかりで、色も柄も気に入らないという。
私が着ているものをほめてくれるのは嬉しいのだが、正直、少しばかり当惑するよう
な思いがあった。

その彼女があるとき、やわらかな色目のよく似合うきものを着ていた。こちらまで
嬉しくなってほめると、「たいしたきものじゃないんです。これ、古着屋さんで買っ
たんです」とにこにこ笑いながら、声をひそめて二万円という驚きの値段まで教えて
くれた。

それから少し間を置いて、彼女はしょんぼり、「あんなこと言わなきゃよかったで
す」とうつむいた。「もうこのきもの、二万円の古着としか見えなくなったでしょう。
せっかくほめてもらったのに、自分で自分のきものにミソつけちゃった」と。彼女が

内幕をばらしたとたん、確かに私はそういう目で彼女のきものを捉えていたのだから、言いあてられたこちらも相当きまり悪い。

よせばいいのに、なぜこういう百害あって一利なしの打ち明け話を自分から進んでしてしまうのだろう。わかっていながらつい口をすべらせ、予想通りの反応にあって後悔先に立たず。私とて偉そうなことを言える立場にはなく、この種の暴露衝動にかられたことが何度もある。

桂馬筋には人間の悲しさと滑稽さがあふれている。うかうかと前へ進んで斜めに跳んで、後ろへ退けずにもたもたするなんて、その極みと言ってもいいだろう。スマートな桂馬跳びとは一生無縁という気がする。

III

分相応

古川に水絶えず

【ふるかわにみずたえず】今の世の断捨離とは真逆の考え方。日々の暮らしで何か必要になったとき、家の中にあったものを上手に活用する。やりくりしていくことのたとえ。

曾祖父・露伴の一家が東京、小石川へ引っ越したのは今から九十年ほど前のこと。それまで好んで暮らしていた向島《むこうじま》を去らざるを得なくなった理由は、一九二三（大正十二）年の関東大震災である。家は倒壊しなかったが、井戸の水脈が変わり、水面にギラギラと油が浮いて使えなくなったという。混乱のさなかに借家を探したがなかなか住まいは見つからず、親交があった樋口一葉《ひぐちいちよう》さんの妹・邦子《くにこ》さんの助力があってとりあえず小石川の長屋へ転居することとなった。

ところが、この場所は狭く、衛生状態も悪く、露伴の長男・成豊はほどなく結核を発症し、その後一年ばかりで他界してしまう。文は看病に際して結核感染はどうにかまぬがれたものの、成豊の死後に重いチフスをわずらう。全快後、病院からのその足で、文は露伴とともに春まだ浅い伊豆へ静かな湯治の旅に出かける。

この年、一九二七（昭和二）年五月、露伴一家はようやく長屋から出て、のちに小石川の蝸牛庵と呼ばれる場所へ住まいを移した。翌年、新川《しんかわ》（現・中央区）の酒問屋の三男・三橋幾之助《みつはしいくのすけ》と結婚した文が、約十年の結婚生活ののち、娘・玉を連れて帰ってきたのもこの家である。

その後、東京を襲った空襲で小石川蝸牛庵は焼失し、戦後の配給の木材をもとに文がやっとの思いで再建した家は、わずか二か月ばかり間にあわず、露伴は千葉県市川市菅野《すがの》の仮住まいで一生を終えた。

こんな経緯で小石川には曾祖父（露伴）、祖母（文）、母（玉）、私と、四代で住みつづけているのだが、実は露伴一家が越して来るより前、明治の終わりに露伴の妹・延や幸、さらに母親であるお猷様も一時期、このあたりに暮らしていたことがあった。日本の西洋音楽の礎となった延や幸が小石川に住んでいたのは、勤めていた東京音楽学校（現在の東京藝術大学音楽学部の母体）に近かったからかもしれない。

そこへ、まだ六歳だった祖母が、当時、暮らしていた向島で隅田川が氾濫したため預けられた。ここまでさかのぼれば百年以上の時が流れている。意識して住みつづけたというより、ふり返ったらそこにまとまった歳月が流れ、思いがけない身内の交流が見えてくる。この土地がつないでくれた縁なのだと思う。

さて、ひとつところに長く暮らしていれば、家の中にはいつのまにかいろいろなものが加わり、そうと気づかぬうちに蓄積する。大震災や空襲のように、いっぺんに家財を失う目に遭うこともあるが、平穏な日常では家の中から外へ出てゆくものより、入るもののほうが多いのではないだろうか。意図して買い求めるほかにも、郵便受けにチラシが投函され、辞退するように心がけてもレジ袋がたまる。ものを大切にし、最後まで使い切る心得は美徳だろうが、度を越せばしみったれになる。この種の表現は数々あって、少しずつニュアンスは異なるが、貧乏臭い、しわん坊、六日知らず、爪に火をともす、等々。とどのつまりがケチだろうか。

露伴が子ども時代の祖母に廊下の雑巾がけを教える場面にこんな文章がある。「面倒がる、骨惜しみをするということは折助根性《おりすけ》、ケチだと云う。露伴家ではケチということばは最大級のものである。ケチなやつと叱られた時は、もっとも蔑《さげす》まれ最も嫌われ、そしてとどめを刺されて死んぢまったことを意味するのである」（あとみよそわか）

ここで言われているのは節約しすぎるケチというより、億劫がって労力をいとい、わかっているのにおこたる怠け心、ケチな根性である。

惜しむということばは何をどう惜しむか、見方によって意味ががらりと変わるところがおもしろい。移りゆく季節に心を寄せるのなら風情があるし、名残《なごり》を惜しむ気持は純粋ないとおしさから生じている。惜敗というような、あと少しで達成できることを逃した悔しさは、次へとつなげる糧になるならポジティブに受けとれる。だが、ひとたび拘泥し、執着する心があると判断されれば惜しむ行為はいやしく、あさましく映る。判断する人の気持ひとつにかかって、見よくも、みっともなくもなってしまう。

祖母は、母と私に比べて明らかにものとの切り離れがよく、思い切りがよかった。さばさばと執着心がない。たとえば、まだ傷みもなく、母と私に残しておいてもらえれば先行き重宝するだろうと思えるきものを、さっさと座布団にしてしまったことが数回あった。布が傷む前に早手まわしにつくり替えたほうが、座布団としても充分活かせると思ったのだろう。さんざ着抜いてからでは遅すぎる。手をかけて役に立たぬものをつくるほど無駄なことはないと頭ではわかっていても、そこまで思い切れない私たちは、祖母の早業をあっけにとられて見つめるばかり。祖母はいい座布団ができたとご満悦だった。

こんな思い出から連想されるのは、小説『きもの』の中の一場面である。主人公・るつ子が、女学校の同級生で貧しい家庭の和子と自転車乗りの稽古をするため、括《くく》り袴《ばかま》をふたつつくって、ひとつを和子にあげたいと言い出す。父親が着ていた古いセル（毛織物の一種）を使おうと引っぱり出したるつ子に、いつも相談相手となってくれるお祖母《ばあ》さんが問う。せっかく人に親切にしようとしているのになぜまっさらないいものでなくて、古くて傷んでいるきものの「あがり」をあげようとするのか、と。ここで言う「あがり」とは、本来の目的では使い終わったもののことを指しており、私の家では今も「歯ブラシのあがりでタイルの目地を磨く」というように使っている。

正直なるつ子はつい、新しいのはもったいないと口をすべらせ、お祖母さんに「誰にもったいないの？　何にもったいないの？」と問いつめられる。「やりとり、貸し借りはものと人情が重なりあうから、そう簡単じゃないんだよ」とお祖母さんは諭し、福引きの景品で長い間しまいこまれていた木綿の合羽地《かっぱじ》を「福の反物」として活用したらいいと助言する。

「うちは物持ちではないけれども、古川に水絶えずで、世帯が古くなってきているおかげで、なにやらかやら、間にあっていく、という」（きもの）

この「古川に水絶えず」は祖母もよく使っていたことわざで、私の頭の中では、幸田の家が小石川に縁を持って以来、過ごしてきた時の流れが川のイメージに重なっている。

だが、念のためと思って調べてみると、このことわざの意味は「重代《じゅうだい》の富豪は、おちぶれてもなお全くは滅びないものであるというたとえ」と『広辞苑』にある。重代の富豪には恐れ入る。これではうっかり口にするのも憚られるが、はたしてこのことわざは下々の細々とした暮らしには似つかわしくないのだろうか。

日々の暮らしの中で、何か都合のいいものを探してうろうろすることはままある。祖母は家にしまってあったちょうどぴたりのものを見つけて、嬉しそうに「古川、古川」とつぶやいていた。その明るい声の調子まで思い出され、今では無性になつかしい。

持ったが病

【もったがやまい】使うあてもないのに処分しきれず、やたらと抱えこむこと。持っているだけで使わなければ無に等しい。

祖母が書いたものの中にかたづけをテーマにした短い随筆があり、そこでかたづけの心得のようなものを箇条書きであげている。

「一、ただ手当り次第ではいけない。何の片付けが第一義か考えてからのこと。二、あたまの冴えている時すること。過食後や睡眠不足でボケている時はだめ。三、自分の能力を掛値なく測定してからのこと。幾種類の鍋、幾通りの食器を自分はこなせるか、等々考えること。四、省く除くは整理に大必要な事だが、加える増やすも大事な心得」(かたづけ)

これらは露伴のかたづけぶりを見てまとめたものだが、普段のかたづけとは少し趣きが違う。人生の幕引きとでも言うべき、終《つい》のかたづけに際してである。

「わたしは八十。わたしのいのちはやがては天が片付けてくれるし、亡骸《なきがら》は家族が片付けてくれるだろうが、そのとき私のやりかけの仕事が散らかっていては、片付かないことはなはだしい。疎漏は残念だが、とにかく片付けておいた。そのほうがいいと思ってしたことだから、うちの者もそう心得ていてくれ」(かたづけ)

ここで露伴が言っている仕事とは『評釋芭蕉七部集《ひょうしゃくばしょうしちぶしゅう》』で、大作ゆえ『露伴全集』の中では四巻に分けて収められている。向島から小石川へ越して来たあたりから延々とつづいた仕事を、残された寿命と相談ずくで為果《しおお》せてゆくという父から娘への申し渡しがこの引用の内容である。

看取ってくれる家族を思えば、歳を重ねるうちに自然と終のかたづけへ心が向かうのだろう。仕事のかたづけを言い置いた曾祖父とは異なるが、祖母もまた私たちに度々話していたことがあった。この世の命を終えて旅立つときの、着るものの配慮である。今では便利に葬儀屋さんが用意してくれるが、かつては白い麻を裁って、身内の女の人が引っぱりっこで、糸に玉結びをつけずに縫うものとされていた。

祖母はこの麻の白さを気にしていた。清らかで潔くはあるが、血の通わなくなった年寄りにはあまりに寒々しく、やつれ果てて見えはしまいか。やんわりした朽ち葉色ならいいだろうと思う。ついてはその支度を家族にさせるのはあまりにむごいから、病んで寝ついたときのために用意した寝間着と一緒にひとまとめにしておくから、そのときが来たら、落ち着いて箪笥《たんす》の中を探してみるように、と。まだまだ元気なうちから縁起でもない話を、母にも私にもしつこいほどに言い置いていた。

ところが、そのときが来て、母とふたりで箪笥を開けると、寝間着の包みは出てきたのだが、肝心の朽ち葉色の麻が見つからない。あれほど言っていたのだからどこかにしまわれているに違いなかろうに、箪笥を開け閉めし、押入れの中まで探すうちに思いのほかに手間どって、気が急《せ》いていた。

とうとう母は諦め、自分が若かったころ、一度も袖を通さなかった白い羽二重《はぶたえ》の振り袖から赤と緑の重ね襟をとり、袖を短くして使うことにした。振り袖に白無地の羽二重とは不思議に思われるかもしれないが、もとはと言えば祖母がその上に顔料で花を描くつもりで果たせずにいたものだった。

一九九〇（平成二）年十月、家族で祖母を見送り、その後しばらく小石川の家はそのままになっていた。祖母が暮らした家は閉ざされた空気もろとも祖母のものであり、その亡きあとにたとえ家族でも用なく立ち入ることは祖母の思い出を壊すように感じられたからだ。

ところが、人の住まない家は数年のうちに水まわりから壊れ、ついには床が抜けた。両親は結婚以来ずっと住みつづけた、二軒と路地一本離れた近所の家からの引っ越しを決め、部分改築をして移り住んだ。さらに時経て、今度は私が所帯を持ち、両親の結婚以来の家を建て替えることになった。

それぞれの家の手入れの折に家の中のものはひと通り調べたはずなのに、祖母が言っていた朽ち葉色の麻は結局、見つからず仕舞い。母は祖母の旅立ちに白い振り袖を縫い直して使えたことで、すべてが収まるべきところへ収まったのかもしれないと言う。こんな折でもなければ、白の羽二重の振り袖に使い道はなかっただろう。

はずした赤と緑の重ね襟は、今も私の手もとに残っている。使うあてもないのに処分しきれずにいることを祖母が知れば、「持ったが病」と笑うに決まっている。

家の中にあるものをきちんと把握して、使えるものをその都度役立て、時には思い切りよく処分していた祖母はこの病とは無縁に一生を終えた。けれど、母は娘時代に戦争を体験した反動だろう、典型的な昭和ひと桁生まれの勿体ながりである。家に蓄積したものをさばききれず、埋もれながらもはやすっかり諦め顔で、「古川が自在に操れたら言うことないわ。水なんて思うようにならない最たるものだもの」と笑っている。

その母にしつけられた私は、右肩あがりの高度経済成長期に生まれ育ったにもかかわらず、「消費は美徳」とは無縁で、母と似た感覚を持っている。「持ったが病」と「古川に水絶えず」は二律背反でありながら、切っても切れず、私はここに「されど淀むことなかれ」のひとことを加えて自分への戒めとしている。

栄耀の餅の皮

【えようのもちのかわ】 あんの入った餅の皮を剝《ひ》いてあんだけ食べること。身の丈にあわないおごった暮らしをするなという戒め。

新聞に身近な食についてのエッセイを寄稿していて、どうにも言い尽くせぬ思いが残った。浮かびあがってきたことばは「栄耀の餅の皮」。自分で思っていた以上に私はこのことばに影響を受けているらしい。

毎朝、起き抜けに飲む野菜とくだもののジュースがおいしい。スロージューサーを使っているのだが、すべてを粉砕する従来のジューサーと違って、スロージューサーからは搾りかすが出る。しかも野菜の中でも、なぜか人参《にんじん》はみじん切りになったかすが大量に出て、まだ充分に甘みもあって捨てるには勿体ない。キャロットケーキを焼いたり、ポタージュスープをつくったり、ドレッシング、カレー、ミートソース、ピラフと、ありとあらゆる料理に人参の搾りかすを投入して消費に躍起になっていた。

スロージューサーをほしがった夫は「搾りかすなんて捨てちゃえばいいよ」と一向に気にする様子もない。無理せず使える範囲で使って、環境が気になるなら、庭にコンポスト（堆肥）をつくればいい。

頭ではわかっていても、心が頑固に捨てるのは嫌だと主張している。まだ食べられるものを捨てるのが申し訳なく、こんな気持になるのは昭和ひと桁生まれの母に教育されたからとか、理由を探せばいろいろあるのだが、何にも増して気になるのは、今の自分がしていることが「栄耀に餅の皮を剝く」行為なのではないかということだ。「栄耀に餅の皮を剝く」は、『広辞苑』には「餡《あん》餅の皮を除いて、餡ばかりを食うように、おごった生活をするものが、一層ぜいたくを追い求めるたとえ」と載っている。母方の家の話しことばでは「栄耀の餅の皮」というかたちで言い習わしており、母に聞くと、露伴も使っていたというから、その前の代もしかりだろう。

人参から一番おいしいジュースを搾って飲んでしまうことは、あんの入った餅の皮を剝いて、中のあんだけ食べる行為と似たり寄ったりである。人参一本をそのままおいしく食べればいいのだし、極端な話、食べものに困るようになればジュースを搾る余裕などない。スロージューサーはある程度の生活のゆとりの上に成り立っていることを承知しなくてはならない。

とはいえ、ジュースにすることで野菜を食べる量は確実に増えるし、夫は体調がよくなったという。体重も少しずつ減っているというから、言うことなし。いくら人参をまるごと食べればいいと言っても、とても毎日はつづかない。その点を考えれば、スロージューサーにはそれなりの効果がある。

ジュースを飲みつつ、栄耀の餅の皮にしないためには、搾りかすを有効活用するしかない。ひと月ほど経ったころ、私はやっとのことで日々搾り出される人参かすを冷凍庫にためずに使い切るサイクルを身につけた。それなりの達成感があったが、ここまで何度、栄耀の餅の皮が胸に浮かび、心につかえていたことか。

祖母は生前、私には常にやさしかったから、もし今いれば、きっと人参の利用法のひとつも一緒になって考えてくれたに違いない。けれど、会ったことのない曾祖父はどうだろう。「今の時代は便利すぎて、最新の機能に人がついていけないようだね」などと、にやにや笑いながら皮肉を言われてはかなわない。

日ごろたいして意識してはいないが、私は祖母のみならず、曾祖父や、そのまた上のご先祖様の影響も受けながら日々を送っているのだろうか。人参の搾りかすに先祖の存在を気づかせてもらうとは、思いも寄らぬできごとだった。

ところで、露伴に皮肉を言われては、と書いていてふと思ったのだが、あてこすりという意味の「皮肉」が皮と肉でできているのはおもしろい。『字源《じげん》』で「皮」の項目を引いてみると、皮肉は「いぢわるく、あてこすりをいふ義」という説明文とともに、このことばが中国からの伝来ではなく、国語であると記されている。「皮肉」の次に載っている「皮肉之見《ひにくのけん》」は「あさはかなるさとり」であり、中国の禅宗の開祖、達磨《だるま》大師のことばが漢文で紹介されている。門人との問答の際にまだ理解の浅い者には「汝吾《なんじわ》が皮を得たり」と応じ、次いで「汝吾が肉を得たり」、「汝吾が骨を得たり」を経て、もっとも習熟した者には「汝吾が髄《ずい》を得たり」と、門人の理解度に応じて答えたと書かれている。皮や肉は、骨、髄に比べれば表層であり、うわべである。「皮肉之見」には本質を理解していないことへの批判がこめられており、現在、私たちが使うあてこすりの意味も、骨や髄への意識から転じたことばということだろうか。

皮と言えば、もうひとつ、「嘘《うそ》の皮」をあげておこう。意味としては「大嘘」や「まっ赤な嘘」と同じく、嘘を強調したことばである。うわべをとり繕い、嘘で塗りかためた外皮ということだろう。

さらに「嘘の皮」の、「嘘」と「皮」の順序を入れ替えると「獺《かわうそ》」となることから、掛詞《かけことば》として使われているという説も散見する。かわうそはイタチに似た哺乳類で、「古来の俗説に、人語をまねて人をだまし、水に引き込むという。河童《かっぱ》の原形ともされる」（広辞苑）とある。かわうその伝承は日本各地に伝わるが、それもかつては身近にいたからこそ。もはや幻となってしまったニホンカワウソからは新たな逸話はうまれない。

さて、その嘘の皮だが、私は今も日常の話しことばで「そんなの嘘の皮でしょ」という具合に使っていたのだが、このことばもどうやらかわうそ同様、消えゆく運命にあるらしい。さらに意外だったのは、母も嘘の皮には覚えがないという。てっきり母が言うのをまねて私も使うようになったと思っていたのに、記憶のはしごをはずされては大弱りである。このことばはいったいどこから私の中に入ってきたのだろう。

あまり何度も私が聞いたため、母は多少気の毒に思ったのかもしれない。嘘の皮はわからないが、「ぼけの皮」なら確か祖母に短い随筆があったはずと言い出した。

八十過ぎのおばあさんが、周囲の人たちから身体にこたえる仕事を言いつけられたり、嫌なことを強いられたりしたときに、「ちょいと呆《ぼ》けの皮をかぶっておくと、あたり障《さわ》りなくすみますよ、という。また、呆けたとあなどられ、いい加減にされそうな時などには、ちょいとこの皮をぬいで、はっきりさせておくと、あとあと文句がいりません、といった。脱着自在の皮である」とある。この話を聞いたとき、祖母はまだ若く、おばあさんとはかなりの年齢差があった。「齢《とし》が近かったら、話すほうにも聞くほうにも、嫌な後味が残ろう。その辺をちゃんと心得た上で、ちょいと着て、ちちょいとの軽妙さ。ちょいと脱いでという、そのちょいとの軽妙さ。まねて着られる皮じゃない、そのこれはやはり人柄である」(ぼけの皮)

ぼけの皮とはなんとまた重宝で、ユーモラスな皮だろう。外連味《けれんみ》があっておもしろいおばあさんである。

家族を巻きこんでの皮騒動。身近にいる夫には何かにつけ「このことば、聞いたことある?」と訊ねることが多い。「僕が知っているのは面の皮と化けの皮くらいだな」と夫。皮は思いのほかに想像力を刺激してくれる。

「包む」には庇う心がある

【つつむにはかばうこころがある】　包むという行為は、包む中身の本質や価値に思いを寄せるやさしい心配りを伴う。

皮とは本来、外面をおおっているものである。その時点では文字通りの意味でしかないが、外からの目を意識してうわべをとり繕えば、そこにまやかしのニュアンスが加わるし、ひと皮めくった下を、生身のより本質に近いものと解釈すれば、皮は真実をおおい隠す役目を負う。どちらもあまりいいイメージではないが、おおうこと自体は悪いとばかりは言えず、大切なものをまもるという意味もある。

祖母には『包む』と題した随筆集があり、そのあとがきの冒頭は「何をお包みいたしましょう、という云いかたは、いまではほとんど聞かれなくなってしまった」という文で始まっている。この当時の「いま」というのは、一九五六（昭和三十一）年のこと。祖母は小さいころ継母に言われてお菓子屋さんにおつかいに出かけ、そこのおかみさんが応対してくれたときのことを追憶しながら書いている。

「奥の店との境にさげた紺暖簾《のれん》から、日本髪の鬢《びん》を少しかしげ、襷《たすき》へ片手をかけて、『いらっしゃいまし』とそこへ膝を折る。子供へもそう丁寧なのだ。私はうろうろと見ている。『何をお包みいたしましょう』と云われると、なんとなく安心する。それは、ゆっくり見ていらしていいのですよと云われたようでおちつくのである」

どんなお菓子を買うかが決まると、「おかみさんは経木《きょうぎ》を濡布巾《ぬれぶきん》できゅっと拭くと手早く盛りこみ、白いかけ紙でふわっとくるんでくれる。それを風呂敷へ入れて、潰さないようにと両方の掌《てのひら》をひろげて捧げたように帰って来れば、ここにほんとにいいものを大切に包んで持っているという気がして嬉しかった」(包む)

祖母は「何をお包みいたしましょう」ということばに「明治から大正へのゆるやかな時代」を感じとっている。執筆当時にすでにほとんど聞かれなくなったというのだから、それから約六十年経った今、生きたことばはなおさら見つけにくいだろうが、読んでいるだけでなんともゆかしく、快い。

経木やかけ紙は食べられるわけではないけれど、包むという行為は単なる道中の塵《ちり》よけに留まらず、お菓子にプラスアルファの価値を与えてくれる。祖母は「子供ごころにも浸み入るようなことばの味はなつかしい。『包む』には庇う心がある」と読み解いている。

時代の流れとともに消えたことばが持つ雰囲気は、経木の移り変わりにも具体的に見てとれる。経木は杉や檜、松などをうすく紙のように削《そ》いだものであり、ここに経文を写したことからその名がつくようになったという。食品を包んだ経木が放つ木の香は、それ自体、おいしい匂いとは異なるが、子どものころから鼻をくっつけ嗅《か》いでいた。好きな匂いのひとつである。

それが今や、経木の柄がプリントされたプラスチックトレーにとって替わられ、食品が盛られたトレーはラップに包まれて、いくつもある中から好みを選びとるようになった。見やすいし、水気の多いものの持ち運びには便利であり、何もかも昔のほうが良かったなどとは思わない。魚を包むのなら、経木より、トレーとラップか、ビニール袋のほうが有り難い。

それでも経木は今も時おり見かけるし、そこには確かに包むことの良さが感じられる。築地《つきじ》に古くからある鶏肉専門店では、お客が来るたびに切り身を丁寧に竹の皮に包んで渡してくれる。肉の水気は竹の皮が吸って、鮮度が保たれる。縦六十センチ、幅二十センチはあろうかという大ぶりでしっかりとした竹の皮で、外側は黒と茶のまだら模様だが、内側には思わず見とれるほどしっとりうつくしい白茶の艶がある。これを見る度、初夏に筍《たけのこ》が勢いよく伸びて皮をすっぽり脱ぎ捨てる様を思う。いったいどんな立派な竹林からうまれる皮だろうか、と。

あとがきの最後に、祖母は書くことと自分の心の関係を包むことになぞらえ語っている。

「包むに包みきれずあらわれてしまうのが書くということだ。包みかねるのが文章で、包みたいのがわが心ではないかとおもう。包みたい節がたくさんあるからこその『包む』であり、逆に何を包まんわが思いなどと、いったん包んだ心をほどいてみせるようなへんてこなこともしたくなるのである。包んでもほどいても、作文はすでに書くひとの底を見せているものだとおもう」（包む）

私自身は、書くことは大きな風呂敷の四隅を持って引き絞り、ぎゅっと大きな包みをつくる作業というイメージで捉えている。特に取材してからの原稿は、聞いた話をあれもこれも盛りこもうとして、なかなか収まりがつかず、ちゃんとしまおうと心づもりしていても途中からぽろりとこぼれ落ちてしまうものもある。最後にぎゅっと締めて括って、やれやれ、手を離してひと安心という感覚である。

祖母の書いたものは、大抵は自分が同じ感覚を持っていることを確認しつつ読み進めることが多いが、時にはこんな差に出くわすこともある。いずれにしても、書くことが人の底を見せてしまうという点は、隠しようのない事実だろう。

欲と道連れ

【よくとみちづれ】自分の分相応を知った上で、わき起こる欲を抱え、前を向いて歩くのが人生。欲に振りまわされるのは愚かだが、欲がなくなったら人は終わり。

実りの秋を迎える喜びは、潤沢であることの安心感と結びついている。子どものころ、農園へ芋掘りに行って、黒土のやわらかな畑からしっとり紅色の薩摩《さつま》芋を夢中で掘り出した。持ち帰れぬほどの豊作で、つきそってくれた母に「欲と道連れだからね」と笑顔で励まされ、ずっしり重たいお芋を持てるだけリュックにつめこんだ。帰り道の満足は、後日それを食べたときの味をはるかに超えて、忘れ難いものになっている。

そのほかにも、年末の築地で人ごみに揉《も》まれながら思いのほかに次々と拾いものの買いものができたときなど、母が「欲と道連れ」を言い出すときは決まって楽しい思い出となった。欲と言えば、欲張りに強欲と、この字がつくことばにあまり良いイメージは思い浮かばず、日ごろ母もめったなことでは口にしない。とはいえ、聖人君子でもなければ、一切の欲から離れて生きることなどできないのも事実である。

人生は欲と道連れ。ならば、ともに歩む道中をなるべく楽しくするに越したことはなく、そのためには早い時期から自らの分相応を知っておくべきと母は考えたのかもしれない。いくら欲しいと願っても、人ひとりで持てる量は限られている。それでも欲と道連れに前を向いて歩くのが人生だ、と。母の記憶には戦争中の買い出しで、背中が痛み、両手がちぎれんばかりの思いをしてお芋を運んだ日のことが消えずに残っている。幸い私の世代にその思いはない。

世の中は、とかく「上見りゃキリない、下見りゃキリない」のが常である。これも母が時おり、何かに迷って決心しあぐねているときや、一歩引いて自分の立ち位置を確認しようと思うときに口にする言いまわしである。自分にとっての分相応は何か。キリなくふれ幅がある中で、どのあたりに自分の基準を置くかがわかれば、桁違いなものごとに出会っても惑わされずにすむ。母らしい欲とのかかわり方であり、生き方だと思う。

では、祖母は自分の欲とどうつきあっただろう。祖母には二十歳前で着たいと願った格子縞《こうしじま》のきものがあったが、継母の猛反対にあってかなわなかった。よほど心残りだったのだろう、随筆「格子」を書いた五十過ぎでいまだに本当に好みの格子を探しつづけていると書いている。

なぜ継母はそれほどまでに格子柄に反対したか、そこには今では理解できない時代の感覚がある。

「格子縞は粋なもので砕けた商人の人たちが好んで着るものときめ、だから、それを着るのはよくない好みであり、そういう崩れた趣味を好むというのが、そもそもおもしろからぬ心情であり、親としてはおいそれとは許せないという意見だった。私は格子が水商売ややくざ専用の柄とはおもっていなかったし、またたとえそうであっても、それを着た私がたちまち下司《げす》な人間になる、ときめつけられるのには大不平だった。けれども、着たいというだけのことでは所詮情の問題でしかない。ははのほうは正面から論を張っているのである。（中略）しかし、そうぴたりとしりぞけられてしまったということは、それで欲が死んだということにはならない。むしろ逆で、ふわふわしていた着たい欲の根が定着させられた結果になった」（格子）

このいきさつを知ってか知らずか、それから三年ほどして父の露伴が格子の反物を買ってくれる。越後《えちご》から来た手織り紬《つむぎ》の行商人がたまたま持っていた反物で焦げ茶に臙脂《えんじ》と青で細い格子だったという。そのとき露伴は「たしかに格子を着てあだっぽい人もいる、下司ばって見える女もいる。なにも人により着てみた上のことにてよりだ、うちあがって見えるか落ちて見えるか」と釘をさした。

祖母は精一杯気どってよそおい、露伴からは似あう、下司ではないと評価される。だが、同様にこのときのことを書いている『こんなこと』収録の「着物」の中では、露伴は「折角のこしらえもせりふづけがいけない。もちっときりきりしゃべってもらいたい。ああですこうですいやだわよぢゃ着物が泣く」とも言っている。

さらに「格子」には、露伴の言いつけで、祖母がお延叔母さんのところへ着姿の鑑定をしてもらいに行くくだりが書かれている。そこで祖母はお茶碗をひっくり返すという失態をして恥ずかしい思いをし、帰り際の玄関で叔母さんから洒落《しやれ》の利いたきついひとことを頂く。

「大丈夫、文ちゃんなかなかいいよ。だけど気をつけて頂戴、そこを出るとき格子はずさないようにね」

そもそも継母のお八代さんが格子柄を禁じたのは、堅気の家の娘にはふさわしくないという理由からである。なさぬ仲の母娘ゆえ、余計にそのあたりが杓子定規《しやくしじようぎ》で、着たい盛りの若い娘の気持を思いやるゆとりに欠けていたのだろう。

念願の格子を着た祖母に、露伴はそれ相応のことば遣いを求め、お延叔母さんは立ち居に注意を促している。祖母自身は、せっかくの折に女学生の髪型ではいけないと、銀杏返しを結っている。すべてはきものの柄をめぐる分相応と不相応、そこから祖母の心に植えつけられる三十年越しの欲の話ととらえることができる。

分相応ということを考えるとき、私は心の内でなるべく大きな視野を持とうと心がける。大勢の人の中で自分がどこに位置したいか、あるいは長い一生の中で今このときがどれほど大切な意味を持つだろうか、と。すぐに答えが出るとは限らないが、不思議と心がすっとひらけ、落ち着くことができる。

祖母は「欲はそのときばかりでなく将来へも及ぼす力をもっているということがおそろしい」(格子)と言っている。「分相応」も「欲と道連れ」も、私はいつも心に留めて自分を照らす鑑《かがみ》としている。

出ず入らず

【でずいらず】良すぎもせず、奇をてらいもせず、控えめながら利かせどころをはずさないもの選びの基準。

分相応と似た意味を持つことばである。

「出ず入らず」は文字通り、飛び抜けて目立ちすぎることもなければ、そこだけ穴があいたように見ざめがすることもない。過不足なくちょうどいいことを指している。こう書くとプラス・マイナス＝ゼロのように思われるかもしれないが、そうではなくて、ともすれば出すぎたり、逆にもの足りなくなったりしがちなところを、理想的な状態に保てている。そのバランス感覚が申し分なく、非のうちどころがないのである。

このことばは祖母が折々に使っており、当然、母や私にも伝わっている。くだくだと説明するより、祖母の全集から使い方を引用すれば話は早いのだが、あちこち心あたりを探してもなぜか一向に見つからない。きっとどこかにあるはずという思いは依然として持ちつづけているのだが、埒があかない。

幸い母・青木玉が随筆『幸田文の箪笥の引き出し』の中で出ず入らずを説明しているので引いておこう。祖母が年ごろになった母に買い求めた帯について書かれた場面で、「こんな重宝というか都合のいいもののことを『出ず入らず』といって、家では物えらびの一つの基準として考えていた。最高級は良くてあたりまえ、あまり肩に力が入り過ぎれば使う方もくたびれてしまう。かといって面白さばかりに気を取られば不調和にもなる。出しゃばりもせず、めり込みもせず、ああ、いい取り合わせということで、着物も見栄えがするし、帯自身もぴったりはまる、というわけだ」

出ず入らずを口にするのは、このようにきものの取り合わせとかおつかいものを選ぶときなど、ちょっと気を使う場面が多い。古くからつづくお店では今も時たま耳にすることがあって、番頭さんといった風情の年配の店員さんから「これなどは出ず入らずでようございます」などと言って応対してもらうと、こんなところにこのことばが生きていた、とほっとなつかしさを感じる。

もうひとつ、出ず入らずとほぼ同義のことばに「程《ほど》がいい」がある。このふたつは幸田の家では二大ほめことばと言っても過言ではない。たとえば、祖母の代理で何か見立てや買いものをしていて、どちらかで評価してもらえれば、まずは上首尾。私なら面目躍如と大いに気をよくするところだ。

では、この二語はどう違うのかと問われれば、甚だ感覚的な使い分けでしかないが、「出ず入らず」にはセンスの良さ、賢さが光っており、少しだけ手がたい。手がたさの奥には、もうひといき上乗せしたり、はりこんだりしたいところをぐっと抑える警戒感がある。「そこまですると嫌がられるよ」と諭してくれる声がどこかから聞こえてくるような気がする。控えめで、それでいて利かせどころははずさない。場をわきまえているから賢く、重宝に使える。

一方の「程がいい」には、はんなりやさしいニュアンスがある。上品であることは言わずもがな、そこにたとえば艶、匂い、うるおいといったふわっとした感覚がプラスされているように思う。持って生まれた良さを感じさせることばではないだろうか。

いずれにしてもこの二語とも価値観をあらわしており、根底で分相応が意識されている。どこを自分の、あるいは家の分とするかはそれぞれ異なり、もとより好みも千差万別。つまり、こうしたことばは広く世間一般に通じる良識というよりは、家族や限られた狭いコミュニティで価値観を共有する響きがある。お互いに「わかるよね」というような内々の使い方であり、言い方を換えればやや排他的にもなる。

ここでひとつ、私が子どものころからよく聞きなじんだ故事を追加しよう。「過ぎたるは」とだけ言えば、大方の人が「及ばざるが如《ごと》し」、あるいはさらに正確に「猶《なお》及ばざるが如し」と口をついて出てくるのではないだろうか。度を越すことは達しないことと同じで、どちらもよろしくないという意味であり、原典は『論語』だ。『論語』と言えば、祖母というより、曾祖父の露伴の影がちらほら見えるような気がするのだが、私はこれを長い間、「過ぎたるは及ばざるに如《し》かず」と覚えてきた。子どものころ、母にこれを言われたときは全文ではなく、「過ぎたるは」とだけであとは目くばせだったり、「過ぎたるはなんとやらって言うからね」というようなぼかした表現で聞かされてきた。いつのまにか「百聞は一見に如かず」と混同したのかもしれなかった。

ところが、今回改めて母に確かめてみると、当然のように「如かず、でしょ」と言う。国語の試験なら完全にペケにされるところだが、ここに幸田の家の気質が正直にあらわれているような気がする。

「如し」を「如かず」にした場合、度を越すことは及ばないことより悪い評価となる。思いあたる節はあって、祖母は「良すぎて悪い」という言いまわしで過ぎることを気にかけ、母はこの点ではさらに輪をかけて慎重だ。

では、常に用心して一歩手前に抑えておけばいいかと言うと、足りないことについてはもっとあけすけに言われる。「うす情け」や「ろくすっぽでない」に始まり、「けすい」もその類の口語なのだが……。ふと気になって調べたところ、手持ちのどの辞書にも載っておらず、インターネット検索でも出てこない。私にはなじみの語感だが、このことばはいったいどんな素性なのだろう。

さらに容赦なくけなされれば「こりゃ、ずいぶんと喰い足りないね」となり、「あたじけない」は道義的にも欠乏しており、下司で欲どうしく、ケチに通じる。

もちろん、度を越したら越したで、「おや、まあご大層だこと」とか「結構毛だらけ」と皮肉られるのだから内々の会話は遠慮ない。そのあたりの表現は家族ならわかって当然のつうかあで、紙ひとえでニュアンスがくるくる変わる。ことば遣いに長けていたのは祖母ばかりでなく、母の記憶ではお延叔母さんも素敵にうまく、それは露伴の母のお猷様譲りなのだという。「過ぎたるは及ばざるに如かず」で植えつけられた序列は、私にとっては容易に動かしがたい重みがある。

小石川・善光《ぜんこう》寺坂《じざか》の椋の木は、文にとり、日々の暮らしの中にそびえる大樹だった。奈緒さんと母・玉さんにとっても現在をともに生きる特別な存在。樹高約十三メートル、主幹周約五メートル、文京区指定天然記念物である。

Ⅳ 行動を起こして知る

些細なつらぬき

【ささいなつらぬき】 他人から見ればとるに足りないことでも、一生かけてしつづけることを持つことの強み。自分を見失ったとき、心のよりどころとなる。

十数年前、祖母の作品を若い読者に紹介するための一冊をと言われて、作品集の編集にたずさわった。どの作品を選ぶかは私にまかされており、このとき初めて全集二十三巻を通しで読んだ。

日がな一日読書三昧と言えば贅沢《ぜいたく》な気もするが、全集はいわばその人の精神世界、海のようなものである。こちらは小舟で漕《こ》ぎ出す身であり、書き手の感情は大波、小波となって小舟をゆらす。生理的に同調する部分は多い。身内となれば、書かれた背景や、逆に書かれなかった理由についても見聞きしていることがあり、そうしたことが時に順風、大方は逆風や立ちこめる霧となって、読書の航路は波静かとは言えなかった。

そんな中で、原稿用紙にして一枚半にも満たない随筆「些細なつらぬき」に出会った。その時点で祖母は他界してやはり十数年経っており、以前、この作品を単体で読んだ覚えはなかった。読んでいたらきっと記憶していたはず。そう思えるほど、作中に祖母がいると感じた。もちろん、それ以外の作品にも祖母らしさは随所にあって、喜怒哀楽さまざまな顔をこちらに向けてくれるのだが、幸田文を知らない人に一篇だけで紹介するとしたら、私は迷わず「些細なつらぬき」を選ぶだろう。読んでしみじみと、私の祖母はこんな人だったと思う。

タイトルにもなっている些細なつらぬきとは、身近な小さなことでいいから、生涯を通してつらぬく意思を持つことを意味している。

「つまらないことのようですが、これ、案外強い手ごたえになります。些細なことでも一生かけてやりとげるのは相当な心掛けがいります。私に一つだけ、守り続けていることがあります。それはふきんをきたなくしておかないことです。十四、五歳のときからです」（些細なつらぬき）

私が知っている祖母の家は表玄関と内玄関が分けてあって、台所は内玄関をあがったすぐのところにあった。特別なところは何もない、北向きのごく普通の台所である。ふきんはステンレスの小さなもの干しに常時四、五枚かけてあって、白く、縁が赤、黄、緑で見分けがつくようになっていた。暮《くら》しの手帖《てちょう》社と日東紡《にっとうぼう》が共同研究した製品で、発売五十余年を経て今も買い求めることができるとのこと。うちには祖母の手で「ふきん」と書かれ、きっちり茶色の包装紙にくるまれた手つかずの包みが今もそのまま残っていたりする。あきれるほどに、もの持ちがいい。

そうまでして残っていると、かえって普段には使いにくい。すると、文学好きが集まるバザーへ、そのふきんを出品してほしいと頼まれた。未使用とはいえ、中には年を経てぽつぽつとシミが浮かんでいるものもある。まっさらなものが買えることを考えあわせると出品はためらわれたが、思いがけず大好評だったという。「些細なつらぬき」をご覧くださった方とふきんでつながるご縁があったのなら、なんと嬉しいことだろう。

祖母はふきんがきたないことはもとより、無精をして湿ったふきんでズルズル食器を拭いたり、洗濯したときにきちんと絞りきれずに雫《しずく》がぽとぽとたれたり、もちろんふきんに臭いがつくことも、嫌った。六十一歳で利き手である右手首を骨折し、握力が弱ったのを感じてからは特に、通常のふきんを半分に切って手の中に楽に収まるサイズにし、裁ち目をかがっておいた。ひとりの生活だったから、その小ささで足りていたのだろう。

台所に気持よく乾いたふきんが用意されていることは、いつでも料理にかかれる心丈夫となる。もの干しにかけたふきんの下に手をあてると、かっさり乾いたふきんは干しあがった形なりにすっと持ちあがる。この感覚を祖母は好んでいた。

十代の半ばからふきんの清潔を心がけていれば、ちょっとは天狗《てんぐ》にもなっただろうし、自分よりもっとふきんの扱いが清い人に出会えば鼻っ柱をへし折られた。心のありようが問われ、つづける先に見えてくるものは何か。

「目まぐるしく進む世の中です。目を、心を奪われることばかりです。白いふきんなどはあまりに些細ですが、目をまわした時には、ふっとこの白さをたよりに方向をとりもどします」

「些細なつらぬき」のこの締めのことばを読むとき、祖母が努力を重ねた末に到達した静かな境地のようなものが感じられ、私はいつも目頭が熱くなる思いがする。

この種の話はこれだけで終わりということはなくて、必ずと言っていいほど、では母や私のふきんはどうか、生涯かけてつらぬいていることはあるかと問われる。

母の場合、ふきんの扱いは長い間、祖母と同じだった。特別な製品ではなく、年始の挨拶まわりにもらう晒《さらし》の手ぬぐいなど、そのとき都合のいいものを使っているが、手の中で絞りやすい小ぶりのサイズという点は変わらない。毎晩、一日の終わりはふきんを洗って干して、用心のためにやかんいっぱいの水を汲んでキリとなる。

だが、強いて言えば、母のふきんはこのところ少しばかりくたびれて、白さも欠けている。祖母だったらもうとっくに替えていたであろうふきんを使いつづけているからで、見かねた私が「もう新しいのに替えたら?」と言うと、「そうだね、ほんとに飴《あめ》の吸いがらしだね」と笑うが、決して手放そうとしない。

この「飴の吸いがらし」ということばは、うちでは靴下のかかとやセーターの肘、手ぬぐいなどを使ううちに、磨耗してうすくなり、かざせば向こう側が透けて見える状態を指して言う。「吸いがらし」自体は成分を吸いとった残りかすのことであり、おそらく麦芽糖とか水飴を割り箸や竹箸などにぐるぐる巻きとったものを、子どもがなめているところを想像すればいいのだろう。飴を全部なめてしまったのに、まだいじましく箸にしみた甘みをしがんでいる。その状態が「飴の吸いがらし」なのではないかと思う。ただ、箸では布のようにすけすけにはならないから、あるいは別のものなのかもしれない。

母がそんな古びたふきんを使いつづけるのは、「私がこれを使わなかったら、もう誰も使わないでしょ」という論理で、自ら進んでボロを一手に引き受けている。曾祖父の露伴はもちろん、祖母の歳も超えて、うちでは母が一番の長寿となった。母がふきんを絞る握力と、使いこまれて飴の吸いがらしとなったふきんとが互いの均衡を保っている。まっさらな輝くばかりの白さより、性《しょう》が抜けてやわらかくなった布のほうが今の母には使いやすいのだろう。「ボロはボロなりに役に立つのよ」と母は主張して譲らず、ふきん一枚であろうと最後まで使いきろうとする。戦時中の物資不足の後遺症でもあるが、この歳になるとやさしい慈しみのようにも思える。

私のことも付言しておこう。自分の所帯を持って以来、やはりふきんは私も気にしている。今のところ、うす手のタオルが拭きでもあって、扱いやすい。

ただ、私の場合、祖母のように小さいころから家事をまかされたわけではなく、早いうちから一生何かをつらぬくように勧められたわけでもない。祖母の書いたものを読み、はて、自分が一生つらぬけるものはなんだろうと思ったときには、平均寿命の三分の一はたっぷり過ぎてしまっていた。すべての点において、私がなすこと、考えることは、ゆるい。

それでも、この種のことに遅いということはないのだろうと自分を励ましている。些細なことでもつづけていれば、つづけた分だけ対象を観察し、思索を重ね、向きあう自分を客観的に知ることができる。私が何をつづけているかは、どうか問わないで頂きたい。そこまで正直に書いて、なあんだ、そんなこと、と失笑を買っては割があわない。ふきんとは、祖母もうまいところを突いたものだ。

本当の嫌なこと

【ほんとうのいやなこと】 嫌なことでも向きあってきた実績がその人をかたちづくり育む。結果として徒労か運命だったかは、過ぎたあとになってわかること。

誰にでも嫌なことはある。嫌なことを一生しなくてすめば、存在しないに等しいのだから、もはや嫌なことではない。嫌でもしなくてはいけないから嫌なのだし、それをなんとかしようとするところに気づきや工夫が生まれ、成長することができるのだろう。

一九五七（昭和三十二）年九月、月刊誌『婦人之友』の読者の方々に答えるかたちで祖母がこんな話をしている。

「私は子供の時から主婦にされてしまったわけですが、それがとてもいやでした。しかしそのいやだというのをある時期までやって、いやも何も感じなくなってしまうまでにしてくれた。（中略）父のえらさは何かといえば、長くしつこくやったことだという感じがします。文章を書く場合にそのことがたすけになっているとしたら、いやなことって何だろうと、私は思います。本当のいやなことというのは、最ものぞんでいることではないかしら、最もすきなことではないのかしら、あるいは最もせねばならぬ運命にあることではないかしらという気がしてくるのです」（ものを書くこころ）

いささか禅問答のようだが、つまりは嫌なことがどの程度その人の本質にかかわってくるかによると思う。

私は子どものころ、ピアノのレッスンに通っていた。なまけてばかりだったからちっとも好きになれなかったが、母にやめたいと言い出す勇気がなくて、ずるずるとつづけていた。祖母が小さいころから家事をさせられた状況と比べたら申し訳ないほどのんきな話である。

それでも、私がピアニストとして大成していたなら、祖母の言うように嫌なことがもっとも好きなこと、もっともせねばならぬ運命にあったことだと、のちの日にふり返ることができただろう。

だが、私は中学生の途中でレッスンに通うことをやめた。こんな簡単に聞き届けてもらえるなら、もっと早く言い出せばよかったと思ったほど、レッスンを重ねた年月に執着はなかった。今も機会を与えてもらったことに感謝はしているが、ピアノを弾くことは、終始、私の本質にはかかわらなかった。

一方、子ども時代の母がつらい思いをしたのは、自分ではどうしようもない、父親似の部分である。母は祖母とは性格が異なり、おとなしく、才気煥発《かんぱつ》とは言い難く、特に子どものころは身体も弱かった。

露伴は徹底して「弱即悪《じやくそくあく》　愚即悪《ぐそくあく》」を説いており、もとより意気地なしとケチな根性が大嫌いである。祖母の夫は性格の弱さゆえに周囲の人につけこまれ、結婚生活を破綻させ、自身も結核で命を落としてしまった。母の中に父親の影を見て、露伴も、祖母も、もどかしく、できれば排除したいくらいに思ったのだろう。

だが、それは強さを持った者の論理であり、幼い母はいくら指摘されてもどうすることもできず、自己否定してなるべく存在を消すことしかできなかった。そのあたりの様子は母の『小石川の家』の「叱られる種」や「愛」にくわしい。

嫌なことは、その内容も、本質とのかかわり方も、人それぞれ、千差万別である。では、祖母の言う、嫌なことがもっとも望み、もっとも好み、もっともせねばならぬ運命にあることという文は何を意味し、また、どうしたらそう思うようになれるのだろう。

ひとつの答えは、嫌なことと向きあって重ねた歳月ではないだろうか。祖母は「えだ豆」という随筆の中で、子どものころからずっとお墓まいりを欠かさなかったことについて書いている。

「形と質なのである。文句をいいながらも、ぞんざいなことをしながらも、とにもかくにも若いとき、形に従っておまいりを続けたことは仕合わせだったと思う。形を整

えるうちに幾分ずつ心の育ちが助けられて、あるときやっと雲の影をうけとめられるだけの、ましになったといえる」（えだ豆）

人の心が育つには、それだけの時間が必要なのだろう。極論すれば、好きなことでも、嫌いなことでも、構わない。どちらかと言えば、嫌なことのほうが身にしみて、その人の本質にもかかわりやすく、記憶にも残りやすいというだけで、要はものごとにまじめに向きあってきた実績がその人をかたちづくり、豊かにするのではないだろうか。実績とは努力の結果であり、ふり返ることによってのみ認められる。向きあいつづける苦しさに耐えた末に、せねばならぬ運命だったと判じ得るのだと思う。

知る知らぬの種

【しるしらぬのたね】 人の心の中にはたくさんの種が満ちている。何かのきっかけで芽吹いたならば縁と思って大切に育てよ。

祖母は孫の私にきびしいことは一切言わず、意図的に大甘のお祖母ちゃんであろうとしていた。時代的にも、家庭環境にも恵まれて、のんびり巻きがあまく育った私は、祖母が何か意図を持って教えてくれようとすることがあっても、その多くを右の耳から左の耳へ、たちどころに聞き流していた。

それでも記憶にはっきり残っているということは、それだけ何度も、印象に残るように話してくれたのだろう。「人の心の中にはたくさんの種が詰まっていて、何かのきっかけで芽吹くのだから、せっかく出たその芽を大切に育てるように」と言うのである。祖母の作品中にも、同様の記述が数か所にある。何かに興味を引かれるたび、祖母は自分の心の中に新たな芽吹きをイメージしていたのだろう。

「人のからだが何を内蔵し、それがどのような仕組みで運営されているか、今ではそのことは明らかにされている。では心の中にはなにが包蔵され、それがどのように作動していくか、それは究められていないようだ。（中略）見当外れなかりそめごとも、勝手ながら笑い流して頂くことにして、心の中にはもの種がぎっしりと詰まっていると、私は思っているのである。一生芽をださず、存在すら感じられないほどひっそりとしている種もあろう。思いがけない時、ぴょこんと発芽してくるものもあり、だらだら急の発芽もあり、無意識のうちに祖父母の性格から受け継ぐ種も、若い日に読んだ書物からもらった種も、あるいはまた人間だれでもの持つ、善悪喜怒の種もあり、一木一草、鳥けものからもらう種もあって、心の中は知る知らぬの種が一杯に満ちている、と私は思う。何の種がいつ芽になるか、どう育つかの筋道は知らないが、ものの種が芽に起きあがる時の力は、土を押し破るほど強い」

これは晩年に連載した「崩《くず》れ」の中の一節で、日本に火山の噴火や地震、豪雨による自然災害がいかに多いかを知った祖母が、崩れる山や暴れ川に心を寄せ、そこに自らの老いも重ねて描いた作品である。

そして、崩れに出会う以前にも、五十二歳で母とともに五島《ごとう》列島沖までキャッチャーボートに乗って捕鯨の見学に行ったときも、あるいはまた、六十歳で奈良、斑鳩の法輪寺に焼失していた三重塔の再建をお手伝いしようと思い立ったときも、「心の中の種が芽を吹いてしまったから、もう止まりようがなかった」と回顧している。

私はこの心の種の話が好きで、祖母は一生をかけて芽吹きを大切にしつづけた人だと思っている。実際に目で見る景色としても、楓《かえで》と言えば、秋のうつくしい紅葉を思い浮かべる方が多いかもしれないが、祖母は春先のあわい芽吹きに心惹かれ、もしも自分が病気でベッドから身体が動かせなくなったら、楓の芽吹きを心に描いていたいと言うほどだった。

一九七六（昭和五十一）年、楓の見事な純林があるから、その芽吹きを見にいらっしゃいと誘われて、山梨県と静岡県の県境である安倍《あべ》峠へ出かけてゆくのだが、惜しいことに楓の芽が目覚めるには暖かな春風一日か二日分早すぎ、では、その代わりに山菜摘みへと案内されて、日本三大崩れのひとつとも言われる大谷崩《おおやくずれ》を目のあたりにする。めぐりあわせの不思議であり、このころはまだ地球温暖化ということばもなく、日本の火山活動や地震の活発化に一般の人が関心を示すことも少なかった。

そこから祖母は知りあいのつてを頼り、大規模な崩壊地を管理する役所の人たちに案内と助力を頼んだ。

「幸田さんは年齢七十二歳、体重五十二キロ、この点をご配慮——どうかよろしく」と簡潔にユーモラスな紹介がなされたのち、祖母は役所の人たちと山奥へと分け入り、時には他人様の背中を拝借してまで山の荒廃を見届けようとした。

今でこそ元気な熟年層に山歩きは人気で、七十二歳という年齢も、足腰がしっかりしていればまだまだ若いという印象かもしれない。だが、四十年ほど前は、なぜその歳になって、わざわざ危険な山へ行くのかという反応を示す人が圧倒的に多かったし、祖母にも自分は立派なおばあさんだという自覚があった。時代とともに老若の感覚が変化するのはおもしろい。

心に芽吹いた種を大切に育てるということは、自分を大切にすることにつながる。祖母は、取材後に身体はぐったり疲れていても、好奇心と知識欲は旺盛で、目の力からは精神の充実が感じられた。歳を重ねていても芽吹きは常に新鮮で、そこからが新たなスタートとなる。いくつになっても決して遅くはないことを祖母が教えてくれていた。芽吹きがあるところには、ふり返ってみれば、発芽に至るまでのドラマがあり、発芽の勢いがその先の物語をつむいでいく。

祖母が「崩れ」の連載をしていたときから四半世紀経って、今度は私にかつて祖母がめぐった取材地を訪ねてみてはどうかとお声をかけていただいた。以来、私も日本の自然環境に興味を持って、祖母にもらった種を大切に育てている。

とやせん
かくやせんと思うときは
せぬことぞよき

【とやせん　かくやせんとおもうときは　せぬことぞよき】しようか、やめようかと迷うときはやめるほうがいい。しなければならないことなら、いずれ機会はめぐるもの。（出典は徒然草の一節を自己流に縮めた言い方）

心の中の芽吹きについて、では、母と私の人生には、どんな芽吹きがあっただろう。すぐに思い浮かぶのは、きものである。

私の子ども時代、きものはすでにお正月や成人式に着る程度の非日常の衣服であり、活発に動きまわれる洋服に比べ、どこか古めかしいイメージがついてしまっていた。そのころに比較すると、かえって今のほうが街なかできもの姿の人を多く見かけるようになっている。

そんな中で祖母は六歳の私に「洋服もいいけど、きものも着られるようになれば、着る楽しみは二倍にふくらむよ」と言って、冬に家で普段に着るウールのきものを用意してくれた。目に留まった反物があれば、ぽつぽつと先行きの絹ものの支度もしておいてくれ、それらの反物を時おり、私と一緒に眺めては、ひと口に花柄と言ってもどれほど柄に違いがあるか、縞や格子はどう着たら着映えがするか、その日の天気による色の見え方の違い、着心地のあれこれと、つきることなくきものの話をしてくれた。きものは祖母が私の心に種をまき、その後も丹念に育ててくれた例である。

けれどそのほかは、祖母とは歌舞伎や落語、映画へも行ったし、動物園も一度や二度ではなく楽しかった記憶があるが、私の心に芽吹きにたとえるほどの勢いとか、熱心さがあったわけではない。

習いごとも、一時期、祖母、母、私の三人で長唄を習おうという話になり、家にあった古い三味線の皮をはり替え、もうひと棹《さお》、お稽古三味線を用意したことがあった。だが、そのまま話は立ち消えになってしまい、私は祖母を見送ったずっとあとになって、ようやく縁あって小唄の三味線を習ったことがある。チントンシャンから手ほどきを受け、「梅は咲いたか　桜はまだかいな」に始まって、まわらぬ手で「さわぎ」が弾けるようになれば大満足。お師匠さんは気さくでやさしい方で、長唄も「松の緑」と「勧進帳」をいいとこどりで教えてくださった。

こんなことを書いていれば、今は休んでいるお稽古にまた通いたいと心騒ぐが、いざとなると時間がない。お三味線の種は時経てやっと芽を出したのに、幼木のままひっそり、冬眠中といったところだろうか。

こうしてみると、祖母の一生にはいくつかのめざましい芽吹きがあったのに、引き比べて我が身はなんと情けない。嘆く私に母はなぐさめ顔で、「そりゃ、お祖母ちゃんの勢いにはかなわないでしょうけれど、あなたがドイツ語を習ってドイツへ行っていたのは、あれは自分で育てた芽吹きじゃなかったの」と言う。なるほど、ドイツ語は大学へ行ってから自分の努力で身につけたことばで、それによってドイツで生計が立てられれば、自立した証《あかし》になるともくろんだことは確かだ。自分にも若い日に勢いさかんな心の芽吹きがあって、両親の心配をよそに足かけ十二年も日本を留守にしていたのだから、ドイツの肥やしは効きがよかったとみえる。

一方、母の芽吹きはもう少し複雑だ。祖母と母の性格の違いは太陽と月になぞらえたらよかろうか。親子であり、年齢差もあることから、ふたりは決してフラットな関係にはなり得ないのだが、その点に目をつぶっても、陽性で感情の起伏が激しく、活動的でテンポも速い祖母は主導し、おとなしくもの静かで家にいるのが好きな母は常に支える役にまわっていた。

その母が大学を卒業したあと、いっときDPE店をまかされていたことがある。母は「ディーピー屋」と呼んでいるが、写真のフィルムを現像し、紙焼きプリントする店で、もちろん当時は暗室で一枚一枚現像液に浸して焼きつける、手作業であった。

知人から近所にDPE店の出ものがあるという話を聞いて、祖母が母に「やってみたら」と勧めたのだそうだ。戦後の復興期、街にはニュースを専門に上映する映画館があり、人々のあこがれは一眼レフのカメラを持つことだった。祖母は、DPE店は時勢に乗って、規模は小さくとも先の確かな商売と判断したのだろう。

このとき曾祖父・露伴はすでに他界していたが、若いころ、祖母は早々と露伴に一眼レフを与えてもらい、写真の楽しさを知っていた。露伴は自宅に暗室を持ち、写真の現像を自分でしていたこともあったから、その様子を見ていた祖母は写真全般に親しみを持っていたに違いない。

ところが、母にしてみれば、いきなり言われて、おいそれと手を出す気になれなかったのも無理はない。気のまわる母は、もしも商売がうまくいかなかったとき、当時、日の出の勢いで書く仕事を始めていた祖母に迷惑がかかることを心配した。

そんな煮え切らない態度の母に、祖母は相当な勢いで立腹したらしい。

「試してみようともせずに断っては、吹く芽も吹かない。そこから新しい何かがひらけるかもしれないのに」と。

祖母にお膳立てをしてもらい、母は一時期、DPE店のオーナーを務めた。近くの学校へ運動会の写真の現像をさせてもらえるよう頼みに行ったり、自分でも現像したり、仕事量を増やそうと努力した。が、結局「生活が成り立つところまではいかなかったわね」と、どこかなつかしそうに、少しさみしげに話してくれた。

私がもの心ついたころから、母は何か迷うことがあると、「とやせん　かくやせん　と思うときは　せぬことぞよき」と口癖のように言っていた。しようか、やめようかと迷うときはやめるほうがいいという意味で、兼好法師《けんこうほうし》の『徒然草《つれづれぐさ》』の一節「しやせまし　せずやあらましと思ふ事は　おほやうは　せぬはよきなり」を母が自己流に縮めた言い方らしい。

「私にも芽吹きはあったのかもしれないけど、水やらないでみんな枯らしちゃったのかしらね」と母は笑う。これまでの母の人生を考えると、意図的に諦めてしまったものが多かったのではないかと思う。それよりも、祖母の仕事が軌道に乗っていれば、家事は母をおいてする人はなく、結婚後も実家の近くに住んで、やがて生まれた私たち子どもふたりの面倒を見ながら、夫と祖母を支え、家庭第一に過ごしてきた。

母が露伴と祖母と暮らした子ども時代の思い出を書いた『小石川の家』は、祖母亡きあとの母のデビュー作である。祖母が元気だったころは、あれほど「私は書かない。書く仕事は母さんがすればいい」と言いつづけていた、その母が書いたということ自体、芽吹きととらえることができるだろう。「せぬことぞよき」と言いつづけた母の、六十四歳のターニングポイントである。

明けまして、という挨拶には希望がこめられている

【あけまして、というあいさつにはきぼうがこめられている】「明ける」とは、暗くてわからなかったものがわかるようになること。くよくよせずに、学問も人情も明るくしていくべし。

お正月をテーマにした随筆は多い。

祖母が好んで書いていたかと言えば決してそうではなく、その時季がめぐれば見て見ぬふりができないのがお正月である。

しかも、年の瀬から引きつづき、明けてもなんやかやと気ぜわしい。せめて新聞、雑誌を手にするひとときはゆったり、なごやかなお正月気分になって頂きたいというのが、読みものページの趣向である。年々歳々、原稿の依頼主は変われど、新年らしさを求める気持に変わりはない。

家にこもりきりでおあつらえ向きの題材がそうそう見つかるわけもなく、ならばいっそお正月の街へ飛び出そうというのがいかにも祖母らしい対処法である。

「女は元日にはなかなか外出しにくいものだが、ここ二三年、私はあえて元日に出かけて正月風景を見て歩く。見て歩いて眼にとまったものを、約十一ヵ月ストックしておいて、年の暮にそれを新年原稿に書くのだ。見たそのときはいいと思う風景も、十一ヵ月のストックに堪えて記憶に残るものと、消えてしまうものと、残っていても作文には量目不足に干からびて、捨ててしまわなくてはならないものと、この三種類にわかれる。残るものはごく少ない」(新年は旧年)

ほんの数行で描かれているのは、昭和三十年代初めの東京、日本橋界隈の元日の風景である。ほとんどが店を閉めて、通りは閑散とタクシーさえも影をひそめている。「そこへ風が来て、軒ごとのお飾りがわずかに音を立てていた」(新年は旧年)

おそらく祖母はひとりで、ひっそりと人気《ひとけ》ない通りを歩いているのだろう。「だが、これは心に残って筆には乗せにくい、じれったい風景である」と記している。

今の日本橋のあたりはどんなお正月を迎えるのだろう。再開発が進んで、大勢の人でにぎわっているに違いない。祖母が見ていた景色から半世紀余り経って、隔世の感があると言うべきか、歳月を経た割には、変化はむしろ限定的と見るべきだろうか。

祖母は「明けまして」という随筆の中で、年が「明ける」とは、暗くて見えなかったものが、少しずつ形を見せて見えるようになることと表現している。テレビのクイズ番組で、回答者がわからなかった問題の答えを知ったとき、一様に「ああ、そうだった」と納得の表情を浮かべる。「わかるとは明るくなることであり、明るくすることは灯《あかり》がつくことである」という。英語のエンライトメントということばを思い出させる一節だ。

そして、「世の中にはどっさり灯《ひ》をもっている人と、少ししかもっていない人とある。学問も人情もよくわかった人は、沢山の灯をもった人で、自分も明るいし、まわりも明るくしつつ行く」と述べ、最後を「明けまして、という挨拶には希望がこめられている」（明けまして）としめくくっている。

お正月を迎えるたび、「明けまして」という挨拶をあたりまえのように思ってきたが、今の私がかざす灯はどれほどあたりを明るくしているだろう。身近な人に照らしてもらって安心しているうちに、自分の灯は消え入らんばかりなんてことはなかったろうか。

年の変わり目には、自ずと来《こ》し方行く末に思いがおよぶ。自省ばかりが先に立つが、そんなときにはこんな引用があてはまるのではないだろうか。

「整理し、括って、閉じて一年を終える。ほっとする気もあり、苦い反省もある。だが、くよくよはしまい、今年の終わりは、新年へ続く」（くくる）

「区切りは忙しいにちがいないが、またその忙しさのなかにしんみりした情緒を含んでいる。しんみりというのはせわしくがさがさせず、うるおいのある一種の遅さである。せわしさが先立ちで、そのかげからしんみりが顔をのぞかせているのが、区切り風景だろう」（年のくれ）

これまで年末年始にかかわる随筆だけを抜き出して読んだことはなかったが、どこをとっても祖母らしい。基本的に明るく、くよくよしないのが身上だ。その一方で人が持っている弱さ、哀しさには敏感で、心の奥深くで受けとめてくれた。一緒に話していればいつのまにか心が落ち着き、気がつけば声を出して笑っていて、祖母がにっこり笑って指さし示す空を見あげれば、高く澄んで晴々している。そんな風にしてなぐさめてくれる人だった。

心ゆかせ

【こころゆかせ】自分自身の心のなぐさめ、納得のための行為。自分の気持をおさめるために、たいした手間でないことでも心をこめてすること。

祖母が書いた年越し関連の随筆は、大まかにふたつに分けることができる。ひとつは前項で扱ったような、毎年の年越し風景からつづったもので、このときはすでに書くことを仕事としている。

もうひとつは父親である露伴との思い出の中に描かれたお正月である。ここでは『こんなこと』に収められた「正月記」と、短い随筆「すいせん」で祖母が過ごしたお正月をたどってみようと思う。

「正月記」の冒頭はこう始まる。

「正月というものを、私はちいさいときから楽しいものとばかりはうけとっていなかった」

朝起きた途端から常とは違う改まり方に戸惑ってしまう。洗面道具も下着も、その上に着るきものも新しい。よそよそしく妙にまじめな顔をした父と母の前で、精一杯の声で新年の挨拶をする。ここで口ごもってもそもそ言おうものなら、即座に「つぶやくごとき祝賀の辞などというものは何の作法の本にも無い」(正月記)と露伴に言われてやり直し。お屠蘇《とそ》の給仕、次々やって来るお客に出すお膳の手伝い。粗相をすまいと緊張すれば、義者張《ぎしゃば》ってロクなことにはならない。「なにか正月とは、宝の山に入りながらといった感があって、それが嫌だった」(すいせん)という。

十代の半ばですでにひとりで台所を切りまわし、働きづめのお正月を送った。露伴は酒飲みの上に健啖家《けんたんか》である。「からすみ、雲丹《うに》、このわた、紅葉子《もみじこ》、はららご、カヴィヤ、鮭のスモーク、チーズ、タン、いろいろなピクルスが棚を占領し、おきまりの口取《くちとり》、数の子、野菜の甘煮、豆のいろいろ、ゆばに菊のり、生椎茸《なましいたけ》、鮎の煮びたし、雉《きじ》の味噌漬、だしはやかましくて鰹節《かつを》・昆布・鶏骨《とり》と揃え、油は胡麻・椿・ヘット・鳥と備え、これらを生かす大切な薬味類がととのっていた」(正月記)

お酒が進むように肴は銘々に彩りよく盛りつけ、椀ものは熱々をタイミングを見計らって、野菜は煮すぎないように、蓋をとったときに薬味がふわっと香るようにと細かなところまで気を配る。結果として残るのは働き者の誇りと心身の疲労、そして手荒くはできない洗いものの数々である。

「時間にも労力にもきりは無い。まことに人の欲求というものは涯《はて》し無く、しかも無情であると、不平を通り越して諦め悟った私は、油障子《あぶらしょうじ》に凭《よ》りかかって、台処《だいどころ》の憂愁を身にしみて味わった」(正月記)

祖母がここまで腕をあげたのは露伴の教えがあったからこそだが、その上にまだもっとよくあれと求めたのも露伴である。若かった祖母には負けん気があり、そして何より父親を放っておけなかった。

結婚後は暮らし向きのよかった間はなごやかに楽しい新年も迎えたが、嫁ぎ先の家業が傾き、転々と引っ越しを重ねるようになっての年越しはきびしく、切なかったに違いない。

離婚して実家に戻ってからはふたたび露伴を支えて台所で初春を過ごし、時代は戦争へ。

終戦後、一九四七（昭和二十二）年の元旦は千葉県市川市菅野の仮住まいで迎える。東京・小石川の家は焼失し、お屠蘇の道具はもちろん、皿小鉢にも困るありさまだった。病んで床についた露伴は介抱されて起きあがる。その前で目を伏せた祖母が思い描くのは、自身が十代半ばで見た「正月の不機嫌を一杯に漲《みなぎ》らしている父という男だったのに、はっと見るそこにいたのは柔和な、瘦せがれた、すっきりしたぢいさんだった」（正月記）という変わりよう。

露伴は上機嫌でこう語る。

「ここいらを機会にして、おまえはおまえ自身の――迎春の型――というものを考えたらどうだ。古い習慣を是非にまもろうとして、心をつかい身を忙しくし金を工面する、したければそれもよかろう。が、欠けた茶碗に白湯《さゆ》をくんでも、済ませようと思えば、それも心次第。ただ、老いた父として一言申し添えれば——娘と孫娘と二人の女が、敗戦窮乏のこの春に、正月飾りの形式などにこだわって、よけいな心労をしてくれないよう、どうか朗々と、ゆったりとした気持で新しい年をむかえてもらいたい、とただそれだけだ」(すいせん)

祖母はこの年の春を「すうんといい気持で、しっかりした新年だった」と書き残し、めでたさもまたこの上なしと喜んでいる。

この年の七月に露伴は他界し、翌年の喪の正月には軸のない床の間に水仙が二花。「正月が無ければと願ったことは約二十年後になって私にかなえられたわけだ。紙鳶《たこ》の唸《うな》り、羽根の音、私の正月でない正月は寂しいものであった」と書き納め「正月記」は終わる。

こうして見ると、戦争と露伴の他界が大きな転機となっていることがわかる。喪が明けてからも、祖母とひとり娘である私の母の女所帯に派手さはなく、露伴が元気だったころのように大勢のお客様がみえるわけでもなかった。祖母にはすでにしつくした感があったのだろう。自分たちのためにお屠蘇の道具を求めることはなかった。

その後、母は結婚して実家近くに所帯を持つが、医者をしていた私の父にとって、お正月はもっぱら骨休めの休日だった。兄と私が生まれ、元旦は家族四人でお節とお雑煮をすませてから、祖母の家へ挨拶に行った。一段声を張って「おめでとうございます」をはっきりと言うことは私たちにも教えられ、そのほか祖母の代からつづいていたことと言えば、着るものや手ぬぐい、歯ブラシなど身辺のものを新しくおろすことくらいだろうか。

たったその程度の改まり方でしかなかったのに、私は子どものころお正月が好きになれなかった。聞けば母もまた同様で、「仕方ないのよ、子どもは敏感だから、言われたこと以上にいろんなことを感じとるものよ」と諦め顔である。時代を経てお正月そのものは様変わりだというのに、感覚だけが不思議とどこかに残るものなのかもしれない。

いつもの居間ではなく、客間で迎えてくれた祖母は「おだやかでいいお正月だね」と機嫌よく、サイドテーブルにはお屠蘇代わりのデザートワインと細身の小さなワイングラス、まめでいられるようにという縁起担ぎのマカダミアナッツが用意してあった。「せめてもの心ゆかせに」と、甘口のワインは祖母自身が選んだものである。

この心ゆかせということばが、戦後の、露伴亡きあとの私たちのお正月を象徴している。『広辞苑』では「心行かし」と載っており、「気ばらし。心やり」と説明されている。言い添えるとすれば、自分の気持をおさめるために、たいした手間ではない何かをすることだろう。他人が見てどう思うかではなく、自分自身の心のなぐさめ、納得のための行為である。

私が家庭を持つようになって、お正月はいよいよ気楽になった。家族が無事でいてくれれば、それが何より。ほかに望むことはない。夫は関西の出身ゆえお雑煮は丸餅だが、お汁は鴨のおすましに根菜と三つ葉、へぎ柚子をのせる。そして晩には、ことこと煮た牛タンにからし醤油を添え、お汁はキャベツやじゃがいも、人参、セロリで野菜いっぱいのポトフをつくる。鴨も牛タンも露伴の好みで、これをつくりつづけることも毎年の楽しみであり、心ゆかせとなっている。

V

融通無碍

寝るぞ根太
頼むぞ垂木

【ねるぞねだ たのむぞたるき】 安眠や早起きのおまじない。語呂のいい古いことばや言い習わしには、家族の連帯感をつなぐ思わぬ効果がある。

日々の暮らしはことばによって成り立っている。意思の疎通はもちろんのこと、ひとり静かに考えるだけでも、思考そのものがことばなしには組み立てられない。

この世に生まれた瞬間からせっせと話しかけてもらい、知らず知らずに両親にことばを教えてもらい、時とともに新たな流行語をとり入れたり、使わずに忘れたり。入れ替えは相当あるのだろうが、自覚はない。ことばというのはつくづく意識しないものだと思う。

書く仕事を始めたばかりのころ、母国語なのに、自分の使うことばがどうにも心もとなかった。日本の大学院在籍中にドイツとオーストリアへ留学し、そのままずるずると十二年も居着いてしまったため、日本語がおぼつかなくなっていた。ドイツ語がそれなりになった分、日本語が錆《さび》ついた。急にどうこうしようと思ってもどうにもならないのがことばで、日本語で表現しようとすれば、多少古めかしかろうと身についたことばの底をさらって探り出すほかはなかった。

ことばは時とともに否応なく変化しつづけ、その変化は是か非の問題ではない。母方の家に残っていると言われる古いことばは、露伴や祖母の造語を除いて、ほとんどは幕末から明治、大正、昭和初期にかけての名残ではないかと思っている。

なぜ、それらが残っているかと言えば、おそらくは家族が少なく、移動も少なかったからだろう。露伴には成人に達した兄弟姉妹が六人いるが、露伴の子は三人のうちふたりが成人前に病没している。親子としての長い時間を過ごしたのは、祖母・文だけで、そのひとり娘・玉が私の母。私にはかろうじて兄がひとり。言ってみれば、露伴の代では枝葉が大きく繁っているが、その後は幹一本のすとんとしたつながりなのである。

家族が大勢いれば、それぞれに結婚し、その先の家族とも親しくなって、使われることばは多様に開放的になるだろうに、縦一本のつながりで、関東大震災後に小石川に越してきて以来、家族が離れ離れにならずに住みつづけているからだろうと考えている。

とはいえ、だからどうということがないのがことばの融通無碍《ゆうずうむげ》なところだ。基準となるのは、自分がそれらのことばを残したいか、使いたいかどうかに一《いっ》にかかっている。私ひとりの力など、無に等しいことを充分承知で、残したいならたとえひとりでも使う以外に方法はない。自分が抱えている語彙はこまめにメンテナンスが必要で、理想を言えば、常にことばの手置きをよくしておきたいと思う。その意味で、ここに書いている文は今の私の素であり、多少古めかしいことばも気にせず使っている。

ここまで母方の家譲りの、あるいは幕末以降の時代のことばを見直してみて、うすうす勘づいてはいたのだが、古い表現にはなんと語呂のいいことばが多いことか。

立項した「寝るぞ根太　頼むぞ垂木　梁柱《はりはしら》　何事あらば起こせ家《や》の棟《むね》」はそんな例のひとつで、どうという理由はないが、好きな言いまわしである。『広辞苑』には載っておらず、もはや絶滅危惧種かとも案ずるのだが、ウェブ検索してみると（検索の仕方で結果に相当差が出るものの）、かなり多くがヒットする。

大抵、「寝るぞ根太　頼むぞ垂木」までは一緒で、あとのくだりにはさまざまなバリエーションが存在する。私が覚えているように「梁柱」とするのはむしろ少数で、「梁も聞け」や「聞けよ梁」、「床柱《とこばしら》」などがあり、おしまいの部分は「家《や》の棟」と「屋《や》の棟」は同じと考えるとしても、それ以外に「屋根棟《やねむね》」「唐紙《からかみ》」「戸障子《としょうじ》」、あるいは「〇時になったら起こせ戸や壁」、「明けの〇には起こせ大引き」、「まさかのときは起こせ棟の木」など。内容に応じて、安眠や早起きのおまじないとして紹介されている。

さらに意外だったのは、祖母はてっきり私と同じ言いまわしを覚えているものと思っていたら、作品の中に書き残しているのはまた別のバージョンだった。小説「台所のおと」で主人公・あきの会話として不完全なかたちで載っており、「こんな晩はほんとに、寝るぞ根太、頼むぞ垂木という気がするわねぇ。なにごとあれどまもれ家の棟」と書かれている。

どの言い方も日本の木造建築をもとにして語呂がよく、いろいろな言い換えが可能なことから、数々派生したに違いない。夜、家の戸締まりを確かめ、眠りに落ちる前に唱えるこのことばには、一日を終えた快い疲れとほっとする安堵が感じられる。古い民家の太くてしっかりした梁や柱を見る折があると、家は人のまもりと実感できるし、建築中の家の棟あげのときに棟木にあげる幣串《へいぐし》の精神にも通じるのではないだろうか。

この「寝るぞ根太」は昔からの言い習わしなのだろうが、もとはどこにあるのだろう。私には見当もつかぬが、母は式亭三馬《しきていさんば》の『浮世風呂《うきよぶろ》』か『浮世床《うきよどこ》』で、老人が若者相手に会話する場面にあったような気がするという。ただ、それを母が読んだのは、戦時中の学徒動員で烏口《からすぐち》を使って戦闘機の図面引きをさせられていた合間だったというのだから、もはや遠い日のこと。母いわく、そのころは翻訳ものなんか読んでいて見つかったら大変なことになったから、毒にも薬にもならない滑稽本を読んでいたのだとか。

「寝るぞ根太とは別に、寝るぞ猫っていう、動物づくしもあったと思うんだけど、なんだったかしらねぇ」

こう言われては、益々私の手には負えない。念のためにウェブ検索してみると、「寝るぞ猫　頼むぞ垂木　獅子兎《ししうさぎ》　何事あらば起こせかわうそ」という例が出ている。さあて、これはどうなのだろう。まさかのときにかわうそが人を起こしてくれるだろうか。どちらにしても人の身勝手な願望でしかないが、私には根太や棟木のほうがまだしも頼りになるように思えるのだが。

あなたのお庭に木が何本

【あなたのおにわにきがなんぼん】露伴が子どもたち相手に思いついた即興の遊び。ことば遊びの記憶には、人生を豊かにする思い出が宿る。

口調のよさという点で忘れられないことば遊びが幾つかある。

まずは「いろはに金平糖《こんぺいとう》」。「金平糖は甘い　甘いはお砂糖　お砂糖は白い」としりとり風につづけてゆく遊びで、ご存じの方も多いだろう。これもお砂糖以降、白いものがうさぎだったり、雪になったり、さまざまなバージョンがある。途中、思い出せずに思いつきで代用することは充分考えられ、臨機応変につないだ結果が幾通りにも言い伝えられているのだろう。

途中でどんなルートをたどったとしても、最後は「電気は光る　光るは親父のはげ頭」でおしまいとなる。私も小さかったころ、祖母や母に遊んでもらった記憶があり、ぴかっと点灯する白熱電球から親父のはげ頭という発想は、それだけで充分愉快なインパクトだった。

こうした子どものころの遊びは、単純に楽しい思い出として記憶に残っているだけで、それが一般的な遊びなのか、母方の家特有のものなのか、長い間気に留めることなく過ごしてきた。

中のひとつ、「あなたのお庭に木が何本」は、露伴が子どもたち相手に思いついた即興の遊びだったようだ。まずは「問いましょ、問いましょ」「問わしゃれ、問わしゃれ」と軽いやりとりがあって、「あなたのお庭に木が何本」でスタートする。

祖母は初期の随筆『こんなこと』の中の「ずぼんぼ」でなつかしく思い返している。問いに対し、とりあえず答えられそうな「十本」という返事をすると、「けちな庭だな」とのっけから露伴に低評価をくだされる。「その木は?」、「梅の木」、「その木は?」、「松の木」、「その木は?」、「桜」と、徐々にテンポを速めてたたみかけられる。かろうじて答え切ると、そのあとに庭としての品評採点をされたという。

祖母が私と「あなたのお庭に木が何本」で遊んでくれたときは品評など厄介なことはなくて、それ以前に私は自分に課した木の本数を答え切れたことがあっただろうか。のんびり考えていられるなら、十本やそこいらたいしたことはないのだが、調子よくどんどん問われると、都会育ちはとたんに答えに窮してしまう。あわあわと大騒ぎしながら自滅する、その瞬間もまた楽しいのだが、こうした絶妙なかけあいは、幼かったころ祖母が露伴に遊んでもらった息づかいそのままだったのだろう。祖母は私に会ったことのない露伴の存在をこんなかたちでごくわずか体験させてくれたのかもしれない。

このほか祖母が一緒の遊びと言えば、どれも単純で他愛のないものばかり。文章での説明はむずかしいのだが、両手の指を組みあわせてお風呂のかたちにする「三助《さんすけ》火《ひ》を焚《た》け」だの、向かいあって噴き出しそうになるのをこらえつつ、コヨリの輪をやりとりする「白鬚様《しらひげさま》のおたらい」、あるいは早口ことばの「鴨《かも》がひゃっぱっぱに小鴨《こがも》がひゃっぱっぱ」。そのどれもが不思議とあざやかな記憶として残っているのは、そうしょっちゅう相手をしてくれたわけではない祖母が、たまの折には率先して機嫌よく、子どもと一緒に楽しもうとする気持を見せてくれたからではなかったかと思う。

最後に、祖母、母、私が夢中になって覚えたことば遊びを載せておこう。「牡丹に唐獅子　竹に虎」と出だしを言えば、そのあとはするする口をついて出てくるという方もきっといらっしゃるに違いない。

牡丹《ぼたん》に唐獅子《からじし》竹《たけ》に虎《とら》　虎《とら》を踏《ふ》んまえ和藤内《わとうない》
内藤様《ないとうさま》はさがり藤《ふじ》　富士見西行《ふじみさいぎょう》後ろ向《む》き
むき身蛤《みはまぐり》ばかはしら　柱《はしら》は二階《にかい》と縁《えん》の下《した》
下谷上野《したやうえの》の山《やま》かずら　桂文治《かつらぶんじ》は噺家《はなしか》で
でんでん太鼓《だいこ》に笙《しょう》の笛《ふえ》　閻魔《えんま》はお盆《ぼん》とお正月《しょうがつ》

勝頼様《かつよりさま》は武田菱《たけだびし》　菱餅《ひしもち》　三月《さんがつ》　雛祭《ひなまつり》
祭《まつり》　万燈《まんどう》　山車《だし》　屋台《やたい》　鯛《たい》に鰹《かつお》に蛸《たこ》　鮪《まぐろ》
倫敦《ろんどん》は異国《いこく》の大港《おおみなと》　登山駿河《とざんするが》のお富士《ふじ》さん
三遍《さんべん》まわって煙草《たばこ》にしょ　正直正太夫《しょうじきしょうだゆう》　伊勢《いせ》のこと
琴《こと》に三味線《しゃみせん》　笛《ふえ》　太鼓《たいこ》　太閤様《たいこうさま》は関白《かんぱく》じゃ
白蛇《はくじゃ》が出《で》るのは柳島《やなぎしま》　縞《しま》の財布《さいふ》に五十両《ごじゅうりょう》
五郎十郎《ごろうじゅうろう》　曾我兄弟《そがきょうだい》　鏡台《きょうだい》　針箱《はりばこ》　煙草盆《たばこぼん》
坊《ぼう》やはいい子《こ》だねんねしな　品川女郎衆《しながわじょろしゅう》は十匁《じゅうもんめ》
十匁《じゅうもんめ》の鉄砲《てっぽう》　ふたつ玉《だま》　玉屋《たまや》は花火《はなび》の大元祖《だいがんそ》
宗匠《そうしょう》の出《で》るのは芭蕉庵《ばしょうあん》　あんかけ豆腐《とうふ》に夜鷹蕎麦《よたかそば》
相場《そうば》のお金《かね》がどんちゃんちゃんちゃん
ちゃんやおっかあ四文《よんもん》おくれ
暮《く》れが過《す》ぎたらお正月《しょうがつ》　お正月《しょうがつ》の宝船《たからぶね》
宝船《たからぶね》には七福神《しちふくじん》　神功皇后《じんぐうこうごう》　武内《たけのうち》
内田《うちだ》は剣菱《けんびし》　七《なな》つ梅《うめ》　梅松桜《うめまつさくら》は菅原《すがわら》で

藁《わら》で束《たば》ねた　投《な》げ島田《しまだ》　島田《しまだ》　金谷《かなや》は大井川《おおいがわ》
かわいけりゃこそ神田《かんだ》から通《かよ》う
通《かよ》う深草《ふかくさ》　百夜《ももよ》の情《じょう》　酒《さけ》と肴《さかな》は六百出《ろっぴゃくだ》しゃままよ
ままよ三度笠《さんどがさ》横《よこ》ちょにかぶり
かぶりたてにふる相模《さがみ》の女《おんな》　女《おんな》やもめに花《はな》が咲《さ》く
咲《さ》いた桜《さくら》になぜ駒《こま》つなぐ
つなぐかもじに大象《たいぞう》もとまる
とまる麦藁《むぎわら》　赤《あか》とんぼ　牡丹《ぼたん》に唐獅子《からじし》竹《たけ》に虎《とら》（つづく）

この口調のよさは秀逸で、ひとたび始めれば先へ先へ、なんとか間違えずにつづけようと頭の中が熱くなる。内容も芝居の演目や小唄のひと節、歴史や故事来歴まで、ひとつひとつをひもとけば味わい深い。幕末のころに流行ったしりとり歌だというが、スマホのゲームなど想像もつかなかったであろうころの、ことばの力が詰まっている。

魚身鶏皮

【うおみとりかわ】魚は身から、鶏は皮から焼く料理の基本。生きていく上に役立つ知恵の授受がいくつあったかということが、親子をつなぐ力になる。

小学校のまだ低学年のころだっただろうか、読書が楽しくて図書室の本を借りては次々に読んでいた。すると担任の先生に「家でお母さんのお手伝いをしてますか?」と聞かれた。読書は推奨されることなのに、そして私はせっかく楽しんでいるのに、なぜ家の手伝いが引きあいに出されるのか、どう答えても分が悪いような気がして答えに窮した。

帰宅して母に伝えると、母は私に手伝いをする気があるかどうか訊ねたのだろう。このあたりの私の記憶は定かではないのだが、母いわく、私は実にまじめな顔で、「将来、お嫁に行ったら毎日お勝手をしなきゃならないんでしょ。だったら、しなくていい間は本を読んでいたい」と返事したのだそうだ。

母は自分の子ども時代を思い返した。読みたくても子どもの本など数えるほどしかなかったし、小石川の家へ戻って祖父の露伴中心の暮らしをするようになってからは家事手伝いは否応なく、戦時中は国家レベルの困窮の時代だった。

それに引き換え、私が家や学校で手にとることのできる本は比べものにならないほど豊富で、手伝いはする・しないを話しあえる程度。将来お嫁に行ったら云々《うんぬん》も、昭和四、五十年代にはごくあたりまえの考え方であり、読めるうちに本が読みたいという私の言い分にも一理あると母は思ったらしい。恵まれた時代と家庭環境に生まれた私を、母は自分のなし得なかった分もこめて、喜んでくれたのだと思う。

そんなわけで私は小学生のころからたいして手伝いもせず、いたって気楽に過ごしていた。日々、台所に立つ母の手伝いは億劫がるくせに、子ども向けに色あざやかなイラストで描かれた『お料理しましょう』という本やディズニーの料理本を買ってもらって、そこに載っているおしゃれな洋食をつくりたがった。週末の晩に家族全員の夕飯のお菜をつくると宣言して始めるのだが、手伝いすらロクにできない私に絵に描いたようなお料理ができるわけもなく、結局は母の手を借り、それは必ずしも料理本と同じつくり方ではなく、私は些細なところにこだわって機嫌を悪くした。

当時の私は母が日ごろつくってくれる日常の料理とは違う、つけあわせの彩りや飾り庖丁の遊び心に惹かれていたのだろう。サンドイッチもただ食パンを四角く切るのではなく、缶の蓋《ふた》か何かを使ってきれいにくり抜いた丸いかたちにあこがれていた。

母はくり抜いたあとに残る食パンを「どうするの?」と気にかけ、丸くする意味を私に訊ねた。食べられるものを粗末に扱うことを母は嫌ったのだし、今の私だったら当然、母と同じことを考えるに違いない。けれど、当時の私にはサンドイッチが丸いことに意味があり、ありきたりの四角だったら到底つくる気にはならなかった。食に対するいい加減な態度は、子ども時代とはいえ思い返せば恥ずかしく、母が願っても手に入れられなかった豊かさをせっかく私の代で享受したのに、その結果がこのありさまだったとはなんとも皮肉なものだと思う。

遊び半分の台所で母に教えてもらったのが「魚身鶏皮」だった。鯵《あじ》か何か、一尾《いちび》のままの魚のムニエルに失敗し、扱いやすい切り身からにしなさいと母に言われてフライパンで焼いた。

魚身鶏皮は、文字通り魚は身から、鶏肉は皮から焼くようにという料理の基本で、調味料を入れる順番の「さしすせそ」と同じく、いつ誰が言い出したか、つきとめるのはむずかしい。魚身鶏皮の理由は、魚は皮がはがれやすいからとか、できあがりをそのままお皿にのせることができるようにとか。鶏肉は皮がしっかりしているし、先にじっくり火を通して、ぱりっと焼きあげるのがおいしいから皮が先。同じ魚でも川魚は皮からがいいとか、例外や理屈はさまざまあろう。料理法は時代とともに変化する。これさえ覚えておけば万能とは言い切れないが、たとえば魚のお開きは身から焼くのが定番ではないだろうか。

お開きは一年中いつ食べてもおいしいものだが、陽気がよくなってやや汗ばむようになったころ、カマスの干ものにはこの時季らしい味わいがある。手早く調理できるのが有り難いし、ひと塩の一夜干しで余分な水気が抜けているところが夏に向かって安心感につながる。

開いた身には直火があたって、胴骨がついたほうは骨の上にうすく膜をはったように身が焼きあがる。お開きの出来によって骨の上の身の厚みに差が出るのだが、これを熱々のうちにそっとはがして食べるのが好きだ。塩気と旨味が凝縮しておいしいと教えてくれたのは母で、骨と一緒に捨ててしまっては勿体ない。改めて聞けば祖母も同じ食べ方をしていたという。

こんなこと、三代で伝えるつもりがあって伝わったわけでは到底ない。ただ、「おいしいよ」と言われ、同じように感じ、自然にそうなっただけのことである。

祖母には「ございません」という、ちょっと変わったタイトルの随筆があって、そこで親子をつなぐものについて語っている。

「(親子は)どこがつながっているか。愛という答えがよくでるようです。愛は強くもある半面、もろいところもある、断絶部分の重みがかかってくる時、愛だけでたしかに持切《もちき》れるでしょうか。（中略）〝生きていく上に役立つ知恵の授受〟がいくつあったかということが、子が親へ結ぶ長持ちする連結部分になっていると、私の場合はいえます」

魚身鶏皮も、魚のお開きの食べ方も、祖母から私への三代の連結部分であり、生きていく上に役立つ知恵の授受に数えることができる。受け渡しを意図していないところがおもしろく、干ものでつながる親子の縁というのはどこか滑稽で、この上なく日常的で、まずまず平和といったところだろうか。

かけかまい

【かけかまい】 気遣いや遠慮のあること。「かけかまいない」と言えば、考えなしのうかつな行動であり、避けるべき。

随筆「ございません」は私にとっては気になる作品である。原稿用紙にしておよそ三十枚弱。随筆にしてはかなりの枚数だからいろいろな話が入ってきて当然なのだが、それぞれがゆるく、あるいは密接にかかわって、最終的によくぞひとつにまとめられているという気がする。最後まで構成をきちっと組み立ててからとりかかった原稿というより、次々とこちらに語りかけるような調子で書かれている。

中に私の心をとらえて離さない一節がある。素麵《そうめん》を茹でる描写で、それまでの話からいささか唐突に場面が切り替わる。

「そうめんを茹でていました。他のなにも思っていなくて、ただ鍋と菜箸でした。沸騰しはじめ、泡がもりあがってきて、泡の中に白い麵がほそく浮沈みし、ふきこぼれようとするとき、水をさすと、泡は一斉にへこんで半濁の湯に、そうめんは綾に重なってきれいです。が、待つ間もなく、二度目の沸騰がおき、水をさし、もう一度沸上らせ、火をとめて、水にさらしていて、突然、ははあそうだったのか、とわかったのです。父の教えかたのことです」(ございません)

なんとあざやかな描写だろう。対流する湯とともにもやもやと流れ動く素麵、ふきこぼれる寸前にびっくり水をさして、ほんのいっとき泡が鎮まり、綾にたとえられる鍋の中。菜箸を扱う祖母の白い手が見え、蛇口からざっーと勢いよく流れる水音が聞こえるような気がして、ほんの数行を目で追いながら私は息をのむ。

祖母がここでわかったと言っている、父・露伴の教え方というのは、おしゃべりの話だ。祖母は小さいころから口数が多く、娘盛りになって露伴から「おまえの話をきいていると、九割五分までが言葉の無駄使い、言葉の浪費でしかない」と節約を命じられる。浪費と節約を一対にして心得ておけば調法だ、と。

そこから祖母は苦労しいしいことばの節約を心がけるのだが、その様子が素麺の茹であがりとの対比で描かれている。

「私は十四、五歳でおしゃべりの沸きあがりをしたから、親はそれをみてとると手をかえ品をかえ、二度三度と水をさしてくれたもののようです。たとえその茹であがり、あまりうまくはいかなかったにせよ、とにかく私には、若いある日に〝短くいう〟訓練を試みた手応えが残っているし、その後今日までの長い年月の折々に、何度短くいうことが役立ってきたかとおもうのです。一生調法しています」（ございません）

人の一生には沸きあがるときがきっとある。それが何について、いつ、何度沸きあがるかは個人差もあろう。もの静かな私の母のおしゃべりが沸きあがったのは結婚して、私たち子どもが生まれてからだったと祖母は追憶しているし、私と兄とは小さいころ寄るとさわると喧嘩して、流行語を駆使してののしりあったなどということまで祖母は細かに書き記している。

年の功で、年長者には若い者の至らなさが目に立つことがある。親ならなおさら、子には少しでもよくなってほしいと願う。びっくり水は言ってみれば質のいい世話焼きである。要領よく適量の水が入れば、子ははっと我に返って自らをただし、また次に勢いをためて沸きあがろうとする。沸きあがること自体は決して悪いことではなかろう。測るべきはびっくり水のタイミングと量で、遅すぎればふきこぼれてしまうし、量が多すぎれば、湯は淀み、水づいた素麵はぐんにゃりと歯ごたえを失う。

さて、ここでようやく立項した「かけかまい」だが、「ございません」の中でことばの節約について書かれた部分にまったく目立たないかたちでちょろっと出てくる。私の祖母にとっての祖母・お猷様の話が引きあいに出され、明治維新前の女性はとても口数が少なかったこと、それが維新後によくしゃべるようになり、日露戦争後はさらに口が軽くなったという。

お猷様の生きた時代でさえそうなのだから、さらに時代がくだれば益々ことばは明るく、軽やかになって、祖母は戦前に残っていたことばの苦渋性が戦後には消えたと述懐している。ことばの重さがとれたのだから、「当然、量は増えています。誰もが沢山しゃべり、沢山の言葉で上手下手なく、尽くして言って通じさせる、という傾向だと思います。私にとってはかけかまいなく口数多く話せることは、身におぼえもあって、気楽でありがたく、けっこう今風になじんでいます。気楽になれて、浪費も節約も忘れているほうが多く、とんとけじめがない近年です」（ございません）

　ここで使われている「かけかまい」ということばはもうほとんど耳にしなくなっているが、『広辞苑』の漢字表記では「かけかまい」は「掛け構い」で、「（下に打消の語を伴う）かかりあい。関係。かけかまえ」である。

　私が知る限りではもっぱら「かけかまいない」というかたちで使われて、わかりやすく言い換えれば「遠慮しない」とか「気にしない」というようなニュアンスだろう。かけかまいなく何かをする者には悪意と言えるほどのものはなく、自分の好き勝手にしていいかどうか、あと先たいして考えず、心の内に「まあ、いいや」といういい加減さがある。それで咎められなければけろっとしたまま過ぎてしまうが、ひとつこじれると相当面倒になる危険もはらんでいる。ものごとが見える立場の人が見れば、うかつな行動なのである。

ことばは必要とされなくなったとき、いつのまにかひっそり消える。「かけかまい」がなくなること自体、象徴的なのかもしれない。私自身、書く仕事をしていて、拙《つたな》いことば足らずよりはせめて尽くして伝えるほうが丁寧だと信じ、かけかまいなくことばを浪費しているとは思わずに過ごしてきた。

素麺を茹でる鍋が沸きあがり、ふきこぼれたレンジのきたならしさは、かけかまいのなさに通じはしないだろうか。最近の調理法では、びっくり水はささず、火を弱めたり、息を吹きかけて温度をさげるとも聞く。最終的においしい素麺が茹であがればそれに越したことはないのだが、沸きあがりを抑える何かは、時代が変わっても必要な気がする。

旨いものは宵に喰え

【うまいものはよいにくえ】おいしいものはそのときを逃さず、許せる範囲の行儀の悪さなら最良を味わうこと。贈り主や食そのものへの敬意。

旨いものは宵に喰え。読んでそのままの言いまわしである。おいしいものは、おいしいうちに。もちろん、ひと晩置くことでこっくりと味の変化が楽しめるものもあるし、特に寒い季節には煮しみたおいしさを楽しむ気候的な余裕がうまれる。それでも大方のものはできたてがおいしく、おいしいうちに食べることが、食そのものへの感謝であり、料理してくれた人への敬意とねぎらいでもある。

ここでは宵という、日暮れてからさほど時間の経たないうちを指すことばが使われているが、時間的な指定というより、ひと晩放っておかないことを意味するのだろう。たとえば、祖母にお菓子のおつかいものを頼まれ、午後、買いものに出かけ、ついでに家でみんなで食べる分の生菓子も買って帰る。祖母の家へ無事に戻りましたと報告がてらお菓子を届けると、

「お帰り、お疲れだったね。店の様子は変わりなかったかい？　そうかい、おやおや、おいしそうだね。旨いものは宵に喰えって言うから、ひとつ頂こうかね」

と、こんな場面が思い浮かぶ。家庭料理にあてはまらなくもないのだが、個人的な感覚では玄人《くろうと》のつくった味のような気がする。行って、買って、持って帰る、その勢いのまま祖母に届け、一緒に味わって「おいしいね」と顔を見あわせる。つかいに出

た者はお菓子とともに外の空気をふわりと家へ持ちこむのであり、家にいる者は、それまでじっと静かに過ごしていればなおさら、にぎやかな街の空気を感じるはずである。そのあたりの気持の迎え方が祖母は上手で、細やかな配慮があったように思う。

食について祖母は「活気」という随筆の中でこんなことを言っている。

「私は娘のころから思っているのですが、おいしい食べかたには、二種類あると思うのです。一つは行儀よく、しかし程よく寛《くつろ》いで食味を楽しむとき、つまりゆったり、しっとりとおいしく食べる時です。もう一つは、多少お見苦しいのはまっぴらご免、うまいものはうまいうちに、トットと元気よく味わっちまえ、という食べかたです。（中略）許せる範囲の行儀わるさなら目をつぶって、食べ時を逃さないほうが、私は好きです。（中略）ちょいと行儀わるい食べかたには、ひと味ちがったおいしさがあるように思いませんか」（活気）

ここで思い出すのは、作家の村松友視《むらまつともみ》さんが『幸田文のマッチ箱』や、祖母の全集の月報の中にお書きくださっている、生のしらすのエピソードである。

静岡県の清水《しみず》で育った村松さんは、しらす漁が解禁となる三月二十一日になるとなんとなく心はずむという。休日の早朝、漁の船が出たことを確かめてから、村松さんはアイスボックスを持って新幹線で静岡へ向かい、タクシーでしらす小屋を往復して、ふたたび東京へとって返す。しらすのためだけの小旅行である。こうしてお持ち帰りになった生のしらすを、あるとき祖母が頂戴した。

ほかのお宅へもお届けの心づもりがある村松さんとは、玄関先だけのやりとりである。しらすの食べ方を説明して帰ろうとなさる村松さんにほんのいっときお待ち頂き、祖母はお勝手から小皿と醬油、箸を持ってくると、その場でひと口味わって「おいしい！」とにっこり笑って頭をさげ、それ以上お引き留めすることなく送り出したのだそうだ。ここでのろのろしていては無粋なのだし、行儀は棚の上にあげておいて、何より先に味わうのが、このとき祖母にできた最大の感謝の表現だったに違いない。

早朝から走りまわって届けてくださった先方の勢いを受けとめ、こちらも機敏に動かなければ、気持を通わせることはできない。のんびり座ったまま、「有り難う、あとで夕飯に頂くわ」では伝わらない。簡単なことのようだが、頂きものの授受の場は、相手との距離感も礼儀も絡み、とっさの状況判断はむずかしい。気持の上でも親しかった村松さんだったからこそ、というところもあるのだろう。

余談だが、この場面を想像すると、日本家屋の玄関のよさが引き立つように思う。

おそらく祖母は立ったまま箸を口に運んだのではなく、玄関のあがりばなにちょっと膝をついていたはずである。そのほうがよほど見よいし、風情もある。「旨いものは宵に喰え」の精神は、「トットと元気よく味わっちまえ」に通じ、「許せる範囲の行儀わるさ」におさめるために、ひと工夫が必要といったところだろうか。

努力加餐

【どりょくかさん】食欲がないことに甘えてはいけない。食にきちんと向きあい、食べようとする努力をおこたらない心得。出典は中国の古詩十九首の第一首。

食に関する表現をもうひとつ。努めて食事を摂ることを勧める「努力加餐」は、生活習慣病予防のために食べすぎに注意すべきという考えが定着している今の世には時代錯誤と受けとられるかもしれない。だが、飽食と言われながらも、その実、偏食だったり、スタイルを気にする若い女性が知らぬ間に栄養失調に陥っていたり、食生活の豊かさはどこまで内実をともなっているのだろう。

私が子ども時代を過ごした右肩あがりの高度経済成長期は、今に比べれば食生活はまだまだ慎ましかった。グレープフルーツ半個もらえば、大層大人扱いしてもらった気がして大感激だったし、家庭でホイップクリームをつくるには、わざわざ青山《あおやま》の紀ノ国屋まで行って瓶入り生クリームを買ってこなければならなかった。

あるとき夕食後にホイップしてもらう、その時間が待ち切れず、私は生クリームを小皿にとってお砂糖を溶かしただけでぺろりぺろりとなめ始め、一本あらかた空にしてしまったことがある。母が気づいたときは時すでに遅く、ホイップすれば量が増えて家族みんなで楽しめたのに、瓶の底のほうに数センチ残ったクリームでは今さらどうすることもできない。ひとりで食べて片づけてしまいなさいと母に言われたときの罪悪感、寂寥感《せきりょうかん》はいまだに身にしみている。

「努力加餐」は、曾祖父の露伴が祖母や母に対して言ったことばで、母を通じて私も子どものころに何度も聞かされた。風邪を引いて寝こんだときや、夏の盛りに食が細ったときなど、食べなければ体力が落ちることがわかっている状況で、ややきつめに、真面目に言い渡される。食欲がないことにいつまでも甘えていてはいけない。人の身体は食べたものによってのみ維持されていることが喚起され、食に対してきちんと向きあうことが求められることばだ。

「荒々しい好意」という祖母の短い随筆には、自分が肺炎で入院したときのことが書かれており、文中に「努力加餐」の文字はないが、内容のきびしさが通じている。

このとき祖母は熱があって頭も胸も痛く、口中が荒れ、吐き気もあった。食欲がないのも無理はなかろうが、「ちっとぐらい食べずとも、それですぐ死ぬものでもあるまいに、うるさくいいなさんな、といいたいところをおさえて、そっぽを向いた」というのだから、患者としてほめられた態度ではない。

病室に看護師さんがやって来て、世間話のように自身の好きな食べものの話をし、ふいに「熱いものと冷たいものと、どっちが好き」と訊ねる。祖母は話につられてお蕎麦が好きだと答えてしまうのだが、思い描いていたのは、かつて旅先でごちそうになった吹き井戸でさらした手打ち蕎麦だったというのだから、まるで再現性のない旅のまぼろしのようなものであって、目の前にどんな蕎麦を出されても満足には思えなかっただろう。

その晩、看護師さんの計らいで有名店の蕎麦がとり寄せられた。目の前に出されたとたん、薬味のねぎがぷうんと鼻につき、もうそれだけで祖母は胸が悪い。昼間の会話が意図的な、ある種の策略だったとわかって、腹も立っている。「今夜は、めし上がって頂きます——食べてください——食べるんです」と看護師さんに言われて、祖母は吐き気をこらえ、汗みずくになって半分の蕎麦をのみこむ。「食欲がないなど、今の場合はもう、病人の怠けとしかいえません。看護は、病人の気ままなんかに負けていられないのです」と言う看護師さんのことばと、その後の祖母の述懐が、「努力加餐」を余すところなく説明している。

「食欲がないから食べない、とはちょっと思うと当然の気がするが、死ぬ気もないくせに、そんな言分はいい気なもの、病人の気ままときめつけられても、ぐうの音もでぬ。なおりたければ、病人は病人なりの努力がいるはず、ない食欲によりかかって、私は食べようとする努力を怠った」（荒々しい好意）

「努力加餐」は私たち家族にとっては決して気楽なことばではない。

だが、こうした家の中の語感とは別に、ことばそのものにも何か由来がありそうな気がして調べてみると、『行行重行行』という五言詩《ごごんし》の一節にたどり着いた。この詩は中国の周から梁《りよう》までの千年間にうまれた詩文を編纂《へんさん》した『文選《もんぜん》』という書物に収められた「古詩《こし》十九首《じゆうきゆうしゆ》」の第一首にあたるもので、詠み人知らず。のちの世の李白《りはく》に影響を与え、平安時代には日本でも盛んに読まれていたものらしい。

こんな風に曖昧にぼかした言い方をしなければならないのは、私に漢詩の素養がまったくないからで、高校の授業で習ったきりのご無沙汰ではまったく歯が立たない。おおまかな内容としては、帰らぬ男性を思って女性が切々と詠んだ詩とのこと。乱暴をお許し頂くとして、最初と最後の数行だけあげてみよう。

行行重行行　行《ゆ》き行《ゆ》き重《かさ》ねて行《ゆ》き行《ゆ》く
與君生別離　君《きみ》と生《い》きながら別離《べつり》す
（中略）
思君令人老　君《きみ》を思《おも》えば人《ひと》をして老《お》い令《し》む

歳月忽已晩　歳月《さいげつ》は忽《たちま》ちにして已《すで》に晩《く》れぬ
棄捐勿復道　棄捐《きえん》せらるるも復《ま》た道《い》うこと勿《な》けん
努力加餐飯　努力《どりょく》して餐飯《さんぱん》を加《くわ》えよ

男女はおそらくは夫婦なのだろう。遠く生き別れ、夫のことを思うと老けこむばかりで、歳月はたちまち過ぎてゆく。たとえあなたに棄てられようとも、もはや何も申しません。と、ここまでが「努力加餐飯」までのおよその意味である。問題は最後の、努めて食事をするのは誰と考えたらいいのだろう。妻から夫へ、せめてきちんと食事を摂って、元気にいてくださいという願いなのか。あるいは、前の行にある、たとえ棄てられようとも文句は言いたくないという流れから、夫への気持は消し去り難いものの、ただ悲しみにかまけていても埒はあかぬ。きちんとご飯を食べて身の養いとしようという妻の自戒とも受けとれるのではないだろうか。最後の一行で自分自身と向きあい、立ち直ろうと努めるほうがけなげな妻の意思がよりくっきりと浮かびあがり、現代に通じるおもしろみがあるように思う。

子どものころに「努力加餐」と言われれば、叱られているに等しい重々しさと厳《いか》めしさがあったのに、出典がおよそ千五百年も前の男女を詠《うた》った漢詩にあったとは。私には新鮮な驚きなのだが、この話を母にすると、「そうよ、努力して餐飯を加えよ、ってね」と、あたりまえのように言う。知らぬは私ばかりで、母は祖母や露伴からちゃんといわれを聞いていたのかと早合点したら、そうではなくて、戦後まもなく、大学の国語科の授業で漢詩を読む機会があったとのこと。「行行重行行」の最後の一行を読んで、「なるほど、ここに出典があった」と膝を打つ思いがしたというが、母の学生時代は露伴の最晩年から没後の時期に重なっており、それ以上、家でゆっくり話す機会などなかったのだろう。思えば、祖母も他界して四半世紀経った今、母と私で努力加餐の漢詩の話をするというのも感慨深く、得難い機会という気がする。

母は遠い記憶を呼び覚ますように「努力して餐飯を加えよ、の前の行はなんだったかしらね」と考え始め、しばらくしてから「ナンゾショクヲトッテアソバザル、だったかしら。そう、確かそうよ」と言い出した。あわてて「なんぞ食を摂って」とメモして調べてみると、これは「なんぞ燭《しょく》を秉《と》って遊ばざる」であり、古詩十九首の十五番目の詩の一節にあてはまる。途切れ途切れになったとはいえ、おそろしや、母の頭の中には今も古詩が生きているのだろうか？

猫へい

【ねこへぇ】猫のこと。親近感を持ちつつ、人間との序列を線引きした感覚。

もう四十年も前、中学校の英語の授業で印象に残っていることがある。日本語訳の話から転じたのだろうが、「猫にご飯をあげる」という表現はおかしい、猫には「餌をやる」のだと、年配の女の先生がやけに力をこめておっしゃっていた。それは正誤というより個人の語感の問題で、先生は私たちに挙手させて、どちらの表現をより身近に感じるかを問うた。

そのとき私にはかわいがっている猫がいて、素直な感覚では「ご飯をあげる」でも構わないような、だが、改めて考えるとそれではおかしいような気もして、ずいぶん迷った。

挙手の結果は「ご飯をあげる」が優勢で、退官間近の先生と中学生の私たちとでははっきり語感が違っていた。ちょうどこのあたりからペットは家族の一員という感覚が広まり、愛玩の対象から私たちの人生の伴侶へと意識が変わっていったような気がする。今はもはや家族と同等であることがあたりまえになって、ペットということばもあまり耳にしなくなっているような気がする。

「猫へい」は漢字で書けば猫平か猫兵衛だろう。要するに猫のことで、祖母が話しことばで使っていた。発音は軽くリズミカルに「ネコヘェ」。家で飼っている猫は名前で呼ぶから、外で見かけた猫に使うことが多かった気がする。

このことばが祖母の世代である程度一般的に使われていたのかどうかはわからない。字面からはやや見くだした感があるかもしれないが、祖母にとっては親近感こそあれ、侮蔑《ぶべつ》するつもりはこれっぽっちもない。ただ、祖母の感覚では、猫にしろ犬にしろ、動物と人との間には序列というか、はっきりした区別がある。こうした線引きされた感覚は中学の英語の先生と共通のものではないだろうか。

聞いて確かめたわけではないが、祖母もどちらかと言えば「猫に餌をやる」派だろう。文章ではそのあたりは上手に言い換えてあって、猫を主語にして何々を食べるという表現が多く使われている。

では、何を根拠にそう思うのかと言えば、猫には「猫おろし」と言って、ちょっと食べては休む性癖があるのだが、祖母はこれを認めなかった。一日二食《じき》。猫が食べるのをやめれば、それでおしまい。お箸を持ってついていて、一度くらいはお皿の中をきれいに寄せてやったかもしれない。だが、そこで猫が食べつづけなければ、さっさと片づけてしまっていた。「ご飯をあげる」感覚なら、猫の好きなように、一日中食べたい分だけダラダラと食べさせていたのではあるまいか。

祖母の代からこれまで飼ってきた猫は、私が知る限りで十五匹ほど。曾祖父の露伴は犬好きで、猫は嫌いだったから、子どものころの祖母は犬を飼っていた。例外はあったが、祖母は総じて動物好きである。

歴代の猫たちの中で、一番奇妙な名前を持っていたのは、「南米スラバヤ」という白黒ぶちの猫だろう。これは祖母の命名ではなく、生まれた家ですでにそう名づけられていたそうで、なぜ南米にスラバヤというインドネシアの地名が組みあわされたのかはわからない。祖母が所帯を持ってすぐに飼っていたようで、母も猫の姿としては覚えていない。祖母がまるで昔話のように「スラバヤさんって猫がいてねぇ」と、猫なのにさん付けで回顧し、「ねこ」という随筆の中に数行書いているだけ。あとは強烈な名前で、我が家の猫史に残っている。

たまらないほどのかわいさに、いつも哀しさがつきまとっていたのは、黒いペルシャ猫の姉弟、「お嬢ボン」と「お坊ボン」である。二匹あわせて「ふたつボン」と呼ばれており、このころ家にはもう一匹、きじ猫の「クロ」ちゃんもいた。祖母の「あじの目だま」と「ふたつボン」にくわしく描かれており、その後のいきさつは母が「ふたつボンのこと」で書いている。

そして祖母にとっての最後の猫、赤トラの「阪急《はんきゅう》」は、もとはといえば捨て猫である。大阪の阪急百貨店で開かれるサイン会へ向かうため、その日は飛行機に乗る予定になっていた。今ほど空の旅が普通でなかった一九五七（昭和三十二）年のこと、げんを担いで、玄関先に置かれていた仔猫を飼うことにした。

幸田文というと東京のイメージが強いらしく、祖母が阪急という名の猫を飼っていたことは、関西の人にとっては意外さと同時に親しみも覚えるようで、この猫の名は評判がいい。晩年の阪急は私の幼いころの記憶にも残っており、もはや足腰が立たず、命も身体もすべてを祖母にあずけて、居間に置かれたテーブルの上に静かに横たわっていた。

このほかにも、あんこ屋さんからやって来た猫がいたり、玄関のドアが開いたとたんに二階の奥まで駆けこんで、ここに置いてほしいと直訴した猫がいたり、思い返せばどの猫も個性的で、それぞれにかわいい。

一方、飼い主である祖母、母、私と猫とのかかわり方は、時を経てもさほど変わりはない気がする。

祖母が仕事をしていると、猫たちは音も立てずに祖母が書いている原稿用紙の上にさっと乗り、邪魔を承知でどてっと寝転がってみせる。祖母ももちろん嬉しくて、頭をなでたり、帯締めの先でちょいちょいとじゃらしてみたり。だが、そればかりでは仕事が進まないから、やがて「ちょっとこの猫、連れてって」と母を呼び、母に猫のおもりをさせていた。

祖母の他界後に母がものを書くようになると、やはりそのとき飼っていた猫が母の原稿用紙の上をねらって寝そべった。寒いときにランプがついていれば、暖かくてなおさら居心地がいいようだった。やさしい母は猫をどかすことはせず、猫の下に重なった原稿用紙の下から一、二枚を引き抜いて、「猫に追い出されちゃった」と言いながら、自分がどこか別の場所に移って書いていた。

私の代になってからはパソコンで、猫はキーボードの上に乗って邪魔をする。モニターの上を動くカーソルに興味を示したのは、仔猫の一時期だったように思う。原稿書きを直接助けてくれるわけではないが、書き渋ったときこそ、猫がいてくれる有り難みが身にしみる。

猫根性

【ねこっこんじょう】自分勝手で気の知れない性質だが、いとしくもある。

犬と猫の違いについて、祖母にこんなたとえ話を聞いたことがある。子どもがいる家に犬がもらわれて来るとする。新入りの犬は家の主人に「お子さんは何人ですか?」と訊ねる。主人にとって大切な子どもの子もりをして、犬は忠勤をつくそうとする。

ところが猫は「餓鬼は何人だ?」と言って家に入りこんで来る。猫にとって子どもは迷惑な生きものでしかなく、主人が子どもをどう思っていようと、そんなことは一切お構いなしなのだ、と。もちろん猫によって性格に違いはあるのだが、確かに猫には自分勝手で強情な「個」の部分がある。それを祖母は「猫根性」と呼んで、ときに手を焼き、ときに認めてもいた。

「いったいに猫根性といわれる、ちょいとした性癖がどれにもあるようです。呼んでもすぐには来ず、勝手な方をむいているとか、ふと気付くと、じいっとこちらの顔をみつめているとか、気の知れない、付合にくい性質があるというのです。然《しか》しそのくらいな癖は、なにも猫に限ったことではないだろうと思います。人間の中にも、ずいぶんそっぽ向く人はいますし、知らない間に窺《うかが》い見られていることだってあります」

(ねこ)

では、ことばが通じず、犬に比べれば言うことを聞こうともしない猫にどうやってこちらの意思を伝えるかと言うと、たとえば庭からトカゲやら雀を運んできてしまったときなど、もちろん哀れな犠牲者の救出が第一だが、そのあとで猫の片耳を押さえて、もう一方の耳の近くで言い聞かせることにしている。母いわく、猫は耳が大きいから、片耳を押さえておかないと、何を言っても右の耳から左の耳へ筒抜けだからだという。

外へ行った猫が帰ってこないときは、猫の皿をお箸で叩《たた》き、名前を呼ぶ。この方法はご近所迷惑にならないよう注意しなければならないが、普段からお腹のすいた猫にこの音で条件反射をつけておけば、ある程度、実際に効果がある。夏の宵など、塀の上にあがった猫は夕涼みからなかなか帰ろうとしないが、どこかできっと聞き耳を立てて、お腹がすけばしぶしぶ帰ってくる。

本当に迷い猫になっていそうなときは、あちこち捜すしかないが、気休め程度のおまじないとして「たち別れいなばの山の峰に生《お》ふる　まつとし聞かば今帰り来む」という中納言《ちゅうなごん》行平《ゆきひら》の歌を紙に書き、その上に猫の皿を伏せて待つ。この歌で迷い猫が無事に帰る願かけをする風習は広く知られており、内田《うちだ》百閒《ひゃっけん》の『ノラや』にもそうした場面が描かれている。ずいぶん風雅なおまじないだが、最初に考えついたのは誰なのだろう。

猫を寝かしつけたいときは、うちでは露伴の戯曲『術競《じゆつくら》べ』の中に出てくる奇天烈《きてれつ》な催眠術を猫に転用することにしている。朽葉抜麿《くちわらのぬけまろ》が奉公人のお狐《きつ》という女に催眠術をかける。「ウルマノオトコハイモクテネー、コクリノオトコハパパスーテネー、トラネルソウネルワッパネルー、トンネルパンネルフランネルー、オーライ、ウトーリ、ヒナタネコー」。まあ、実に馬鹿馬鹿しく、これをいくらくり返したところで寝ない猫は寝ない。かえって逆効果なくらい。だが、うちに飼われたら、これは運命だと思って猫には諦めてもらうしかない。

一般に広まっているにしろ、我が家だけの習わしにしろ、こうした儀式めいた何かをしようと思うのは、やはり相手が犬ではなく猫だからで、私たちのどこかに猫は人の意思が通じないものという意識があるからではないだろうか。

ところが、猫と長くつきあっていると、歳を重ねた猫はだんだん人に近くなってくる。人のほうが猫に近くなることはないのだろうけれど、お互いを相手に暮らしているうちに段々と両者の境が曖昧になる。そんな様子を描いたのが祖母の「こがらし」

という短い作品である。

「駄菓子屋のばあさんはたった一人で暮していた。いや、猫とふたりで暮していた。猫はばあさんと同じように老いぼれていた。猫も古ぼけると白髪になるのか、からす猫のくせに口や眼のまわりが白っちゃけて、全体がなんだか薄ぼんやりしている」

こんな書き出しで始まって、こがらしが吹きすさぶ夜、暗い電燈のもと、火のない火鉢の前にばあさんがちょこなんと座って風の音を聴いている。猫は火鉢の猫板の上に、鼻づらをこちらへ向けて香箱《こうばこ》をつくっている。猫板とは、長火鉢の端にわたす板のことで、香箱というのは、猫が前脚を内側へ折りこんで座っている状態を言う。「おお寒《さむ》、寒」と猫が言い、「ほんとに寒いねぇ」とばあさんが返事する。「おまえももういつの間にか人のことばがしゃべれるようになったんだねぇ」と、言ってみればこれだけの短編である。ストーリーにさほど意味はなく、描写を読むおもしろさがある。いつだったか母が、老いるとは輪郭がぼやけてゆくことだと言っていたことがあるが、ひとりと一匹が老いを介してひとつ屋根の下にいる風景である。

猫を相手に暮らす駄菓子屋のばあさんのような人のことを、祖母は半ばふざけて「猫ばあさん」と呼んでいた。自分でも寒い季節に着ぶくれて、膝の上に猫を抱えていたりすれば、「これじゃ、ほんとに猫ばあさんだね」と、自嘲しつつも嬉しそうに話していた。

最近では、母が猫ばあさん化している。家の中には「うりこ」というアメリカンショートヘアの老猫がいて、彼女は日がな一日眠りこけ、起きては母にポリポリのキャットフードをねだる。「さっき食べたのをもう忘れちゃったのかい」などと母に面倒を見てもらって、まるで絵に描いたような安穏な日々を送っている。幸せなのは、猫か、母か、お互い様か。まあ、いずれは私も猫ばあさんになるのだろうと思いつつ、この様子を眺めている。

幸田家歴代の猫の中でも寵愛を受けた黒いペルシャ猫お坊ボンが原稿用紙の上、文の膝にはきじ猫のクロがどっかと居座る。

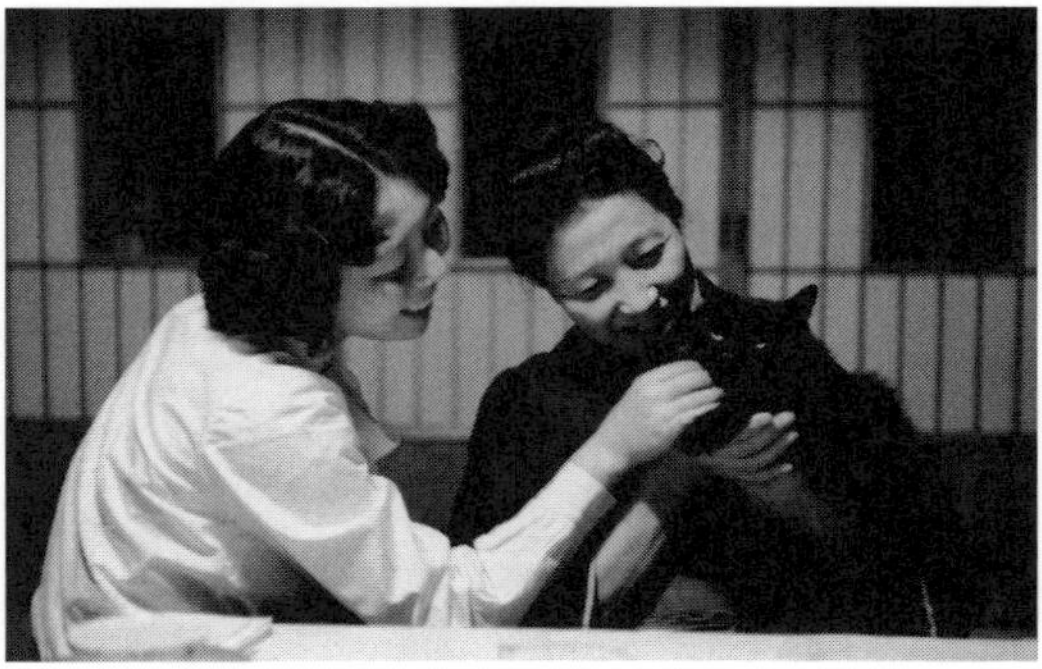

文と玉、黒猫のお坊ボン。

VI

運命を踏んで立つ

人には運命を踏んで立つ力があるものだ

【ひとにはうんめいをふんでたつちからがあるものだ】 自分ではどうしようもない先天的な状況にあっても、転じて福となすことができるよう、後天的運命として切りひらけ。

東日本大震災から一年も経たないころ、祖母の『みそっかす』を読んでいた。つらく悲しい子ども時代の思い出が描かれたこの作品を、母や私が楽しんで読むことはないのだが、資料として確かめておくべきことが多く、手にとる頻度が高い。このときも何か調べる必要があって、どこに何が書いてあるか、充分心得ているつもりのページをぱらぱらとめくっていた。

すると、探していた内容とは関係ない一文が目にとまった。

「人には運命を踏んで立つ力があるものだ」

あれ？　こんなことが書かれていただろうか、という新鮮味といぶかしく思う気持があって、脳裏には震災の報道で目にした映像がありありと浮かんでいた。なぜこの文と東日本大震災を結びつけたかは、自分でもわからない。ただ、震災で人の命や平穏な暮らしがいきなり奪われる様があまりに理不尽で、たとえ真実であろうとも、災害とはそういうものという諦念で心を処理し、達観するにはあまりにも現実がきびしすぎた。

日本に暮らしている限り、災害と無縁でいられる場所はない。自分がその立場に立たされたとき、心に刻んでおくべきことばは何か。「人には運命を踏んで立つ力があるものだ」という一文に、震災以来、探していたことばの力を見つけた感があった。

これを言ったのは曾祖父の露伴で、語られた背景は実は災害とはまったく無関係の、しかも今の感覚では容易に共感できない文脈にある。

四男である露伴は、幼いころに弟や妹のおやつにするため、母親であるお猷様の言いつけで味噲漉《みそこし》を持って焼き芋を買いに行かされた。今ならばなんでもない子どものおつかいだが、封建的な色彩の強い明治初期には「いくら小さくとも男の子の体面というものには格があって、士分の子が焼芋買いに行くのは周囲の憫笑《びんしょう》を招く」(みそっかす　おばあさん)と書かれている。自分ひとりの空腹なら我慢したかもしれないが、見栄を張れば弟や妹も巻きぞえになった。

お猷様は露伴に「次男三男の冷飯っ食い、芋買いがなんだ」と容赦なかった。井戸端でお米をといでいれば、同年輩の男子に冷やかされ、朝一番の仏壇の手入れをうっかり忘れれば、家族全員の朝食が滞った。恥ずかしさ、抵抗感はよほどのものがあったらしい。

だが、誰も自ら選んで次男三男に生まれるわけではない。露伴からさんざ小さいころの苦労話を聞かされて、自分自身も次女の生まれである祖母は、あるとき自分ではどうにもならない生まれ順による差別に不平を口にした。すると、露伴がむっつりとした口調で「人には運命を踏んで立つ力があるものだ」と言うのである。これを聞いて祖母は、かつて自分の父親がどれほどの思いで冷飯っ食いの境遇に耐え忍んだかを察し、自分の身にも父と同じだけの苦労が課されることを思って涙する。

「人には運命を踏んで立つ力があるものだ」という、人目を惹きつけることばの背景がこんなエピソードでは、なんだかあてがはずれたような、肩すかしをくらったような感覚を覚えるかもしれない。震災と兄弟の生まれ順はまったく別の話だが、共通するのは自分にはどうしようもないめぐりあわせという点である。我慢しようにも我慢できない、けれどそうするしかない状況を乗り越えようとするとき、励ましてくれることばという気がする。

このあたりのことをもう少し論理的に説いているのが、露伴の書いた「運命は切り開くもの」という随筆である。「此処《ここ》に赤ン坊が生まれたと仮定します」という書き出しに始まり、生まれつきの貧富の差、美醜の差などにより、子どもの運命には自ずと差が生じるため、「誰でも彼でも自分が時を撰《えら》び、処《ところ》を撰び、家を撰び、自分の体質相貌《そうぼう》等を撰んで生まれたので無いということに思い当ったならば、自然に運命前定が少なくとも一半《いっぱん》は真理であるということを思うでしょう。運命が無いなぞということは何程自惚《うぬぼれ》の強い人でも云い得ない事でしょう」と、まずは運命前定説の一理を認める。

しかし、前定なのは半分だけの真実であって、すべてが先天的運命で決められていると思うのはまったくの間違いであるという。「人間たるものの本然の希望、即《すなわ》ち向上心という高いものを蹂躙《じゅうりん》する卑屈の思想に墜《お》ちて終《しま》いまして甚《はなは》だ宜《よろ》しく無い、即ちそれは現在相違という過失に陥ります、人は生きて居る間は向上進歩の望《のぞみ》を捨てることは出来ぬものであります」と断言する。

そして、運命を天の定めとする占いへと話を移し、諸葛孔明《しょかつこうめい》の死とともに大きな星が墜ちたという逸話は軍談としてはおもしろいが、それなら星の数と人の数が対応していなければならず、「生まれた年月日時によって人の運命が定められては堪《たま》りません」と占いの類を過剰に信じてはいけないと釘をさす。

一方、人相学には理解を示し、すぐれた人相家は人の顔が変わることを知っているから的中させることができると説く。生まれつきの顔をもとに、心がけ次第で良くも、悪くも変化するのが人の顔だと。

つまり「天然自然に定まって居るものを先天的運命と申しますならば、当人の心掛けや行為より生ずるのを後天的運命と申しましょう。自己の修治《しゅうじ》によって後天的運命を開拓して、或《あるい》は先天的運命を善きが上にも善くし、或は先天的運命の悪いのをも善くして行くのが、真の立派な人と申しますので、歴史の上に光輝を残して居る人の如きは、大抵後天的運命を開拓した人なのであります」となる。

ここで言われていることを煎じ詰めると、「人には運命を踏んで立つ力があるものだ」に行き着くのではないだろうか。いささかくどくどとした論旨の「運命は切り開くもの」に比べると、なんとすぱっと見事な切り口だろうと思う。

下手の考え休むに似たり

【へたのかんがえやすむににたり】知恵も知識も乏しい頭で考える暇があるなら、さっさと身体を動かして目先の仕事を片づけるべし。手を動かす間に道がひらけることもある。

露伴の随筆「運命は切り開くもの」の最後の数行につけ加えられていることは、実に耳が痛い。さんざ運命について論じたあげくに、「不学凡才の身を以《もっ》て運命を論じたり、運命を測知しようとするが如きは、蜉蝣《かげろう》という蟲《むし》が大きな樹を撼《うご》かそうとするに類したもので、甚だ詰まらぬことであります。されば『如何《いか》にあるべきか』を考えるより『如何に為《な》すべきか』を考える方が、吾人《われ》に取って賢くも有り正しくも有ることであるという言は、真実に吾人に忠実な教《おしえ》であります」。こんなことを書かれては、蜉蝣の曾孫《ひまご》に立つ瀬はないではないか。

そこでふと思い出すのは、小さいころによく言われた「下手の考え休むに似たり」である。当人は至極まじめに考えているつもりでも、知恵も知識も乏しい頭では時間が経つばかりでなんの役にも立たないという戒めである。その暇があるなら、さっさと身体を動かし、目先の仕事を片づけるべし。凡人は凡人なりに、手を動かしている間に道がひらけることもあろうというのだ。

こうした考えが幸田の家にあるのは確かなのだが、言ってみればかなり上から目線の「下手の考え休むに似たり」、図星をさされてあまり気分のいいものではない。

ところが祖母には、有事のさなかにもあたふたしていないで即行動の教えが徹底されていて、さすが露伴の教育と舌を巻く。有事というのは、一九二三（大正十二）年九月一日、関東大震災のことである。

よく晴れてじりじりとこたえる暑さのこの日は、祖母の十九歳の誕生日だった。晩にはお赤飯でも炊こうと心づもりしていたところ、昼の十二時少し前にひどいゆれで縁側から庭へとたたき落とされた。そのまま木立につかまってやっと堪えたが、自宅も近所隣も、見る見るうちに屋根から瓦が落ちたという。

このときのことは、随筆「大震災の周辺にいて」や「渋くれ顔のころ」に書かれており、最初のゆれがおさまると、どれほどおそろしかっただろうに、「恐怖感は、なにか作業をすればなおる。ゆり返しのひまに、水を汲みため、足ごしらえをし、食料衣類を運びだすなど。ただし家の中へ入るときは私は弟を見張りにした。つぶされてもまさか見殺しにはしまいからの用心だが、気ばたらきと作業は気持の萎縮に即効がある」（大震災の周辺にいて）。十九歳になったばかりでなんとてきぱき、明晰に動く頭だろう。

当時、露伴一家が暮らしていた向島はまだ東京市外で、家は破損したものの倒壊をまぬがれたし、火災も家の近くで焼けどまった。祖母は焼けたトタンが空を舞うおそろしい光景を目のあたりにしているが、震災の被害としてはもっとも軽い部類だったに違いない。

子を持つ親の立場である露伴は、震災時にこんな風に導いている。

「そのころ、出世前の若いものには浮世の無情や無惨は見せたくない、というのが老人や大人の心掛けの一つだったようで、私の父もよく〝見ようとするな、おまえたちの目はまだ柔らかいから、そういう惨《むご》いものは突刺さってしまって、終生消せない。だから、いいもののほうを沢山みておかなくては〟といましめていた。でも事態がこうなっては、死の無情も怪我の無惨も見ないわけにはいかない。そこで〝仏さんには回向《えこう》のほかない〟〝怪我は外科〟とけじめをつけることを説教され、〝いつまでもオドしているのは、この際、あまったれもはなはだしい。はた迷惑な〟としぼられた」(大震災の周辺にいて)

それでも現状は目に余る惨状だったに違いない。小説『きもの』の中でも関東大震災は描かれており、主人公るつ子がお祖母さんと一緒に震災の火災の中、上野の山へ避難する様子は体験談かと思われるほど臨場感がある。

「大通りへ出ると、おやっと思うほど切迫した様子だった。電車はうちすてられたままだし、馬車へ家財と人をのせて駆けさせてくる恐ろしさ。軒下へもちだした荷物は崩れかかり、お椀をふせたようにつぶれた家、ねじれた二階家。火事の煙が三本も四本も赤黒くひろがっているのが不気味だった。荷物を満載した手車《てぐるま》を押して駆ける若い者、うば車へ子供と包みをのせていく女房、唐草の大風呂敷を背負ってよたよたする人、誰も人を押しのけて先へ出ようと、我欲をむきだしにしていた。どういうわけで火事の方向へむいていく人がいるのだか、とにかく人は右往左往だ」（きもの）

震災から二日経った九月三日、露伴は親交のあった岡倉一雄《おかくらかずお》さん（岡倉天心《てんしん》氏ご長男）を頼って、千葉県四街道《よつかいどう》のお宅へ一時避難させて頂いている。道中、何か交通手段があったのかどうか、避難の決断は容易ではなかったに違いない。出かけたのは露伴と祖母と、祖母の弟の成豊の三人。継母のお八代さんは、夏は毎年信州へ避暑に出かけていたため不在だった。その後、露伴は年ごろの女の子である祖母ひとりを岡倉家にあずけ、息子を連れて家の様子を見に帰っている。

岡倉家の方々は急に露伴や祖母にころがりこまれて、さぞや大変だったに違いない。私はもちろん、母も生まれる前のことゆえ、詳細を聞き知っているわけではないが、その折に岡倉一雄さんの奥様に教えて頂いた料理が我が家に代々伝わっている。

ちょうど旬をむかえた小ぶりの茄子《なす》を茶筅《ちゃせん》に見立てて細く何本もの切り目を入れ、さっと水に放してあくを抜いてから、形のままごろごろと油で炒める。きれいに艶が出たところで砂糖、醬油、みりんで味をつけ、水を加減しながら煮含める。

もとはと言えば天心夫人直伝という茄子の茶筅煮、できたてもおいしいが、本当に味がしみるのは冷蔵庫に入れてひと晩経った翌朝である。ひんやりやわらかく、やさしい甘みとコクが口いっぱいに広がる。おそろしい震災の直後、この味がどれほど露伴一家の喜びとなっただろう。毎年秋になって茄子の茶筅煮をつくるたび、うちでは関東大震災とその折に手厚くもてなしてくださった岡倉家へ思いを寄せている。

私の行く先ゃ花となれ

【わたしのゆくさきゃはなとなれ】「あとは野となれ山となれ」につづく文言。日常には思うようにならないことも多いが、先行きの福を念じて自分を鼓舞しようとする。悲壮感と滑稽さが相半ばする。

「あとは野となれ山となれ」ということわざがある。広辞苑にも「あと【後】」の項に載っていて、「現在さえよければ、これから先はどうなってもかまわない」と説明されている。確かにそういう意味なのだろうが、何かとても投げやりで、自分勝手で、これがぴたりとあてはまる場面も思い浮かばなければ、あまり言いたい気も起きない。口調はよく、心の中には野をわたる風や山の緑が思い起こされるのに、文意がそぐわなくてなんだかとても残念な気がする。

このことわざは、これで完結しているのだろうか。

私が母に教わったのは、「あとは野となれ山となれ、私の行く先ゃ花となれ」という。これは本来、幸田の家にあった表現ではなく、祖母の夫、三橋幾之助《みつはしいくのすけ》の乳母をしていたおふみさんの十八番《おはこ》だった。乳母としての役目を終えたあとも新川の家や祖母にとっての姑《しゅうとめ》・おたねさんの暮らす隠居所で働いていた。

おふみさんは代地河岸《だいちがし》の生まれ。今の台東区柳橋《やなぎばし》、隅田川《すみだがわ》沿いの花街《かがい》だった場所である。粋筋の家柄ではなかったが、明治のころに大層人気の新橋芸者のぽん太にならって、自分のことを「代地河岸のぽん太」と呼んでいたとか。ぽん太と聞けばとびきりの美人かと思うが、母は笑って首を横にふる。

「ふみやばあやは美人ではなかったわねぇ。とにかく気が強くて、手が大きいことが自慢でね」

手の大きさを自慢にする女性とはめずらしい。「もしも私が死んで、手だけを見たら、誰だって男の手だと思いますよ」と胸を張っていたというのだから、いったいどういう想像をして言っているのやら。大きな手というのは、その手でなんでもこなして働いてきたという誇りなのである。

男勝りな性格で、新川の酒蔵で樽転《たるころ》がしと呼ばれた気性の荒い男衆からも一目置かれた。ぐちゃぐちゃ言っているのは大嫌い。「よろしい、ホイと来たり」というノリと勢いで働く。木綿の縞のきものを着て、袖は短く、家の中では襷《たすき》がけ。玄関に訪《おとな》う人があれば、さっとはずして出ていく。

祖母にとっては様子のわからぬ嫁ぎ先でずっと前から働いていた女性である。主従の関係とはいえ、夫を赤ん坊のころから知っていて、幾坊っちゃまと呼ぶ。気があわなければ厄介な相手にもなりかねないところだが、さっぱり明るく勝気な性格という点でおふみさんと祖母はウマがあった。

のちに祖母が離婚してからは関係が途絶えていたが、いよいよ戦火が激しくなったころ、おふみさんが息子とともに小石川へやって来た。息子は戦地へ赴かねばならず、その間、おふみさんを露伴と祖母のもとで働かせてほしいという。

東京生まれのおふみさんに帰る故郷はなく、奉公先だった三橋家は没落して世話ができる状態ではなかった。「とても安全なんて保証できない」とためらう祖母に、おふみさんの息子は「それは重々わかってます。でも、何かあったとき露伴先生と一緒ならあとで消息の聞きようもあるけれど、母ひとりだったらどこでどうなるか捜しようもありません」と、出征前の息子のたっての願いだった。おふみさんはそのまま前かけをかけて曾祖父、祖母、母のもとで働きながら戦中ずっと行動をともにし、幸い息子も戦争を生き延びて、無事に再会を果たした。

こんなおふみさんが言っていたのが、「あとは野となれ山となれ、私の行く先ゃ花となれ」であり、つづけて「私ゃ代地河岸の生まれですからね、そう言って祝っちまわなくては」が口癖だった。

こうなってくると、「あとは野となれ」で通常解釈されるような自分本位で投げやりな姿勢とはだいぶ様子が違ってくる。日常には嫌なことや、おもしろくないことがたくさんある。「私の行く先ゃ花となれ」は先行きに一縷《いちる》の望みを託す願かけであり、口にすることで自分を鼓舞し、頑張り通す原動力にしようとしている。「そう言って祝っちまわなくては」には、悲壮感と滑稽さ、これ以上ぐずぐず言うまい、話にケリをつけようという覚悟が交錯する。すこぶる勝気な東京下町女の処世術なのである。

祖母の作品の中で、おふみさんは「おふゆさん」として登場する。この人の名はおそらく祖母と同じ「文」の字を使った「ふみ」なのだろう。祖母が結婚したとき、露伴が「ひとつ家の中で同じ字の名前は間違いのもとだから避けるべき」と意見したという話を聞いたことがある。実際には「おふみさん」とか「ふみや」、「ふみやばあや」と呼ばれていたというから、祖母は作品として文字化するにあたって露伴の意見を入れたのかもしれない。

このおふゆさんが表題になっているのが、「おふゆさんの鯖《さば》」である。

まだ冷凍冷蔵技術が充分でなかったころのこと、なじみの干もの屋に勧められて鯖を買ったはいいが、すでにいたみかかっている。

「多少ぴりぴりしたんですが、しごと賃に換えて考えてみれば安いさかなじゃありませんもの、そう簡単に棄てたんじゃ冥利《みようり》がわるい。でも半分でよしました。唇まで痺《しび》れてくるようなんでね。いいえ、別におなかなんかなんともありません。高いさかなで

おなかをこわした上に、薬だなんていやなことです。病気になるまいと念じてたべたんです」（おふゆさんの鯖）

こうまで腐敗が進んだものを食べてしまうのは決してほめられた話ではないが、無茶なようで、彼女なりの理性も働いている。「病気になるまいと念じてたべた」とは、本人は大真面目で、なんとユーモラスな情景だろう。

よく「文字は人なり」と、書いた文字がその人の心をあらわすというが、話しことばの語彙や口調、リズムもまた、その人の性格を如実にあらわしている。食べものもお金も粗末にはできず、冥利という表現を使うあたり、うちの感覚にも似通っている。

おふみさん自身はルーズなことを嫌う質《たち》で、日ごろ台所は潔癖なまでにきちんと保っていた。そして、食べものを二度重ねて人に勧めることをしなかったそうだ。食べるということは、一度体内に入れてしまったらとり返しがつかない。ひと口ごとが自己責任だからである。日ごろおいしさばかりを追いかけているとつい忘れがちになってしまう、食べるということの本質を思い出させてくれる。

この話は、十代で若くして台所をまかされた祖母に、ものの腐敗ともきちんと向きあうようにと説いた露伴の考え方とも通じている。「折角腐りかかったのだから、眼と鼻と舌と手でよく覚えておけ」という。底の部分で通じるものがあったから、とびきり勝気なおふみさんだったが、祖母や母とも折りあえたのではないだろうか。
「師走の花」という随筆では、おふゆさんが歳末の過ごし方についてこんなことを言っている。「あたしはやっぱり、年の暮れはかっかとしていたほうが、性に合っているんです。（中略）力の限りをつくしているのでないと、しりっぱねとはいえませんからね。末がしおれるのは嫌ですよ」（師走の花）
「しりっぱね」自体は、馬が後ろ脚を勢いよく蹴り出す動きのことを言うのだろうが、祖母はおふゆさんの性格をこう説明している。
「しりっぱねとは、末へ行くほど上へあがること。つまりお仕舞がぐっと上出来に、末尾が勢いさかんだというのを、しりっぱねというのだろう。おふゆさんのような、しゃきしゃきしている人にとっては、年末にゆっくりするということは、活気を失ったと同じことなのかもしれない。一年の終わりをはげしく廻転《かいてん》したいらしい」（師走の花）
代地河岸生まれのおふみさん、祖母の作品中のおふゆさんの周辺には、なかなか味わいのあることばが残っている。

猿守り

【さるもり】 猿の子守りはいたずらばかりして、寝ている赤ん坊をむずからせる。ここから転じて、間が悪く、何をしてもうまくいかない日のこと。

日常会話で「猿守り」ということばを使う人は、今はほとんどいないらしい。うかつに使って、相手がきょとんとすることが数度あると、こちらも用心して対外的には使わなくなる。私としても、変なことばを使う人と思われたくはなくて、いつのまにか胸の内に留めて、家の外では口にしないことばのリストができた。

「猿守り」もそのひとつ。祖母と母が使っているのを私はじかに聞いて育ち、かつて乳母をしていたおふみさんも使っていたようなので、そうめずらしい表現でもないはずなのだが、時代の流れの中でどこかへ雲隠れしてしまったのだろう。

改めて母に聞いても、きちんとした由来や出典はわからない。要は、子育ての神様が干支の動物に順番に子守りを命じ、それぞれの動物が特徴をいかして上手に守り役を務めるのだが、猿だけはやたらいじくりまわしたり、せっかく寝ついたところに余計なちょっかいを出して起こしたり、赤ん坊を一日中むずからせる。

実際、とりたてて理由もないはずなのに、何をしても赤ちゃんのご機嫌が斜めで、泣きやまない日というのはあるものだ。「猿守り」はそんなときの気やすめのようなことばで、いたずらをしている猿を思い描けば多少は気も晴れるというものだ。

母と私の間では今も普通に使っていて、本来の子守りの意味から拡大して、日常生活全般でものごとがうまく運ばないことを指す。たとえば、外出しようとしているところに電話がかかって手間どり、急いで駅へ行ってみれば、電車は架線事故で不通。やっとお店にたどり着いたと思ったら、定休日を思い違いしていたというような日、帰宅したら開口一番、私は母に「今日はホントに猿守りでね」とこぼすだろう。

もちろん不出来にはそれなりの理由があり、反省なくして進歩なしというのも確かだが、偶然のいたずらもままあること。むやみと責任を背負いこんでしょげ返っていても、埒はあかぬ。どこで悪さをしているか知らぬが、いっそ猿のせいにでもしようじゃないか、という気分転換。これも処世術のひとつである。

嫌なことがあった日はさっさと休んで、明くる日を気持も新たに始めればいい。身体も休まるし、そのほうがはるかに効率もよかろう。だが、そうとわかっていて、夜も更けて仕事をつづけなければならないときもある。諦めていったん寝るか、仕方なしに夜なべをするか。

「世の中に寝るほど楽はなかりけり、浮世の馬鹿は起きて働く」は、もし他人から言われれば向《むか》っ腹《ぱら》も立つだろうが、自分に言い聞かせている限り、不思議と嫌な気がしない。前半は暖かな布団の中で身体をのばす心地よさが思い浮かび、後半は意気消沈しながらも、どこか自虐的なおかしみを感じる。寝るのが何より好きで、夜更かしもさほど嫌ではなく、できれば朝起きたくないという私は、このことばが好きだ。江戸時代には全国的に広まっていたようで、関西の人は「浮世の阿呆《あほう》」と言うのだとか。バリエーションがいくつかあるらしい。うちでは祖母や母というより、おふみさんの口癖だったという。

私はおふみさんに会ったことはなく、母の話と祖母の書いたものの中で知るのみである。

おふみさんの結婚相手、鈴木留斎《すずきりゅうさい》さんは指物《さしもの》の職方《しょくかた》で、硯《すずり》箱や茶道具、火鉢などをつくっていた。腕はよく、作品は美術館に収蔵されているものもあると聞く。だが、この人は五十歳前に亡くなっており、息子ふたりに恵まれたとはいえ、おふみさんの一生は決して楽ではなかったはずだ。勝気は生まれつきの性格だろうが、境遇から磨きがかかった部分もあるだろう。

「禍《わざわい》も三年経てば用に立つ」を、おふみさんはよく「禍も三年経てば役に立つって申しますからね」と言い換えて口癖にしていたという。

何か深い悲しみにあったとき、三年の月日ではまだまだ痛みを癒すことはできない。

それでも、ようやく起きたことを客観的に見つめられるだけの時間は経過しているのではなかろうか。到底、忘れ得ぬことを、心の中でためつすがめつ、ああも考え、こうも考えしているうちに、やがて少しずつ楽になれる。忘れていられる時間が増えて、忘れている自分を咎めずにすむようになる。過去に起きたことをいずれ自分の人生に役立てて考えられるようになるかもしれないと思えれば、もうしめたものだ。

勝気なおふみさんは、一生のうちにどれだけ三年を数えて過ごすことがあっただろう。身内でもないのに、親近感を覚える。

みそっかす

【みそっかす】半人前にしか扱われず、人から疎まれる厄介者。愛情に飢えているのに素直になれない。幸田文の自己表現。

みそっかすは、祖母を語る上でキーワードのひとつだろう。自分自身で「とにかく、みそっかすだったんですよ、私は」という言い方もしているし、生い立ちから小学校卒業までの日々を描いた初期の作品に『みそっかす』というタイトルを選んだのも祖母である。深い思い入れがあることばなのだ。

だが、この作品のあとがき「みそっかすのことば」が書かれた一九五一（昭和二十六）年の時点で、みそっかすということばは日常からほとんど消えており、「あの題はなんと読むの」と親しい人に聞かれて、祖母は題にこめた意味が通じないことを悔やんでいる。

「味噌汁の味噌がもうずっと前からみんな漉《こ》し味噌になっていて滓《かす》のないことは、毎朝あつかって来た自分自身がもっともよく知っている筈のものを、うっかり勘定に入れ忘れ、我を張ってこんな題にした間のわるさ、ばからしさ。いまさら、みそっかすとは東京だけの方言かなどと思いつつ、しょうがないから人に訊かれるたびに、擂粉《すりこ》木《ぎ》・味噌漉の、昔の味噌汁製造法を説明しなくてはならなかった」（みそっかすのことば）

ここで言っている昔の味噌汁製造法というのは、大豆が丸のまま入っている粒味噌からつくる味噌汁のことだろう。味噌をすり鉢であたってから、竹で編んだ味噌漉しを使うか、やわらかい味噌なら味噌漉しに直接すりこぎを入れて漉すか。味噌漉し自体は今も売られているが、ほとんどが手入れのしやすいステンレス製で、竹の味噌漉しにへばりついたみそっかすを目にすることは前にも増して少なかろう。第一、かすと言われる部分にも栄養がある。視覚的にも、ことばの意味としても、みそっかすの語感は祖母が思うようには伝わらない。

味噌は日々の生活の必需品だが、とり除かれたみそっかすは昔風に言うなら不用物であり、捨てるのに手間がかかる厄介ものである。そこから転じて、子どもの遊びの中で半人前にしか扱われない子のことを意味する。たとえば鬼ごっこで、みそっかすは鬼になることを免除されるが、みそっかすの姉が鬼になれば、一緒に協力してつかまえる。鬼につかまらなくても、みそっかすにつかまれば、その子が次の鬼である。

みそっかすは「一人前でない、役たたずの、きたならしい、しょうのない残りっかすという意味である。であるから、また一方には諦められ、大目に見て赦《ゆる》される恩典にもあずかるが、大概のみそっかす根性といわれるものは、折角のその恩恵を白眼で睨《にら》む性質をもっているから、結局は憎まれるのがおちであるらしい」（みそっかすのことば）と祖母は言う。

ただ、誰も好き好んでみそっかすになる子はいない。祖母がみそっかすにならざるを得なかったのは、持って生まれた部分もあるだろうし、幸せとは言い難い家庭環境にもよるだろう。

祖母は露伴の三人の子どもたちの二番目に生まれている。姉の歌はうつくしく聡明で、弟の成豊は露伴待望の長男である。間にはさまれた祖母は、生まれたときの器量が「赤茶けたうす色の髪は薄く、眼窩《がんか》大きく寸づまりの鼻に、泣きわめく口は燕《つばめ》のようであったといわれる」（みそっかす　はじまり）というのだから、あまりかわいい赤ん坊ではなかったらしい。露伴は佳《よ》いもの、うつくしいものが好きなところへ、このとき待ち望んでいたのは長男の誕生だった。がっかりしてつぶやいたという「いらないやつが生まれて来た」というひとことが、祖母の心に深く刺さってしまう。今とは時代が違うとはいえ、親が口にすべきことではなかろうに。結果、祖母は「物心ついてから何十年の長い歳月を私はこのことばに閉じこめられ、寂寥と不平とひがみを道づれにした」（みそっかす　はじまり）のだ。無理からぬ傷つきようである。

ところが現実には、露伴の三人の子どものうち、姉の歌と弟の成豊は早くに亡くなり、いらざる子と言われた祖母ひとりが生き残って露伴の最期を看取るのである。

「臨終を数日後にして父は、輝きわたって私を照らした。皎々《こうこう》たる光を浴びて呪うべきこの道づれはあとなく影を消し、陽のなかに遊ぶ裸身《はだかみ》のおさな児のように私ははじめて歓喜し、円満であった。姉や弟とともに私もまた愛子《いとしご》であったのだ。この幸福な確信を形見に残してくれて、父は世を去ってしまった。かたくなだった私は、父の生命とひきかえのようにして、ようようすべての子は父の愛子であるということがわかったのであった」（みそっかす　はじまり）

こうして祖母は露伴との別れのまぎわになってようやくいらざる子という枷《かせ》から解き放たれるのだが、このとき祖母は四十二歳。愛子としての自覚を得たことは祖母の人生にとってはどんなにかなぐさめであっただろうし、この数日の有無で天と地ほどの違いがあったことも察せられるが、人格形成という意味ではあまりにも遅すぎる。一姫二太郎を願えば意のままにかなえられると思い過ごした、三十七歳の血気盛んな露伴が祖母の心につけた傷あとは、癒えることはあっても、消えることはなかったと思う。

『みそっかす』の中で祖母の幼い日のことが切なく、激しく、いきいきと、そして時に滑稽に描かれている。今のことばで表現するなら、こじらせ系とでも言ったところかもしれない。こじれるエネルギーがあったから、逆境、不遇、不満、すべてを乗り越え生き延びた。

みそっかすは半人前のくせに、人から疎まれる厄介者である。なぜ疎まれるかと言えば、素直に人を信じ切れないからだろう。本心では人一倍信じたいのに、愛情を寄せてもらっても、その愛情が信じられない。だからさみしい心を抱えつつ、ひとりで拗《す》ねてみせる。

「そういう扱われかたでいじける児が一人もいなくて済む世の中が、はたしていつ来るものだろうと思うと、私はみそっかすの響《ひびき》に棄てがたい愛を感じる。はるか遠く鐘を惜しむ心をもって、あえてこの題をえらんで送るのである」(みそっかすのことば)『みそっかす』のあとがきをこう結んだ、祖母のまなざしはきっとやさしく、おだやかだったに違いない。

ケチな根性

【けちなこんじょう】　いいものをいいと素直に喜べない質のこと。最上のものをつくった人の努力を素直に認める度量を持て。

人の性格はひと筋縄では表現できず、見る人の見方によっても表現は異なる。およそ相容れない二面性をあわせ持つのが、矛盾多き人の内面ではないだろうか。

露伴他界の翌年、祖母は「父の日記」という短い随筆を書いている。別れのさみしさと向きあいつつ、生前はふれることすら許されなかった父の日記を手にとり、改めて父を想い、その庇護のもとに暮らした自分の姿をも見つめ直している。

静かに抑制の利いた表現の中に亡き人となった露伴が浮かびあがり、しみじみとした味わいがあって私の好きな一篇だが、ここで注目したいのはその中の「父は私を、きついやつだとも云ったが、また始終、弱虫めがと云って腹をたてた」という一文である。

一般的に「あの人はきつい性格だ」と言えば、あまり肯定的には思えないかもしれないが、露伴が言う「きつい」は決して悪い評価ではない。祖母の姉、歌には別の導き方をしていたようだから、一概にきついことを佳しとしたわけではないのだが、しねくくね、うじゃくじゃ、形が溶けて消えるような意気地なしを露伴が好まなかったことも確かである。祖母の気性、器量、境遇を総合すれば、きつさを長所にできるよう伸ばすべきと判断したのかもしれない。そう簡単にはへこたれない、芯の強さは、弱虫とは対極のほめことばである。

だが、人間誰しも、強いだけ、弱いだけの人はいない。祖母は、強さでがっちり固めたところにふとした弱さが混じるタイプではなく、たくさんの哀しみと弱さを内に抱えているから、それを外にさらすまいと、きかん気で頑張る強さである。露伴は祖母の一生を見越して、くずおれないよう踏んばる力を与えるため、祖母のきつさに点を入れ、内なる弱さをかばおうとしていたのではないだろうか。

とはいえ、いくら叱咤しても、祖母は露伴と同じ強さを持てたわけではない。男と女の違いもあるだろう。結果として生じた差を、こんな風にたとえることができるように思う。

仮に、何か作品が百点あるとして、もっともすばらしいものがひとつ、あとの九十九点はどうやっても最上品にかなわないとする。九十九人の作者は手を抜いてつくったのではなく、一所懸命努めた末に生じた、越え難い差なのである。

露伴は、輝けるひとりのために陰にまわる九十九人の努力と悲哀を充分理解した上で、最上のものの佳さ、めでたさを純粋に楽しむことのできる人である。そこで九十九の悲哀に引っぱられ、佳いものを佳いとよろこべないようなやつは「ケチな根性」

と切り捨てられる。最上のものをつくった人も身を削るような努力をしており、そこから誕生した傑作はほかの何にも左右されない絶対的な価値を持つべきである。

そんな露伴に教育されているから、祖母は最上のものを認め、佳いものは佳いと素直に楽しめる心を持っている。だが、どうかした拍子に、二番手の劣るところを見すごしにできない質でもある。あともうひと頑張りすれば、最上のものと互角に渡りあうことができると思うと、居ても立ってもいられない。

こうした祖母の一面は競馬観戦にもあらわれる。動物好きの祖母は疾走するサラブレッドを見たさに競馬場に出かけ、中継があればテレビの前で声をあげて観戦していた。そしてゴールインした優勝馬がウィニングランをしていれば、「馬は賢いねぇ。ちゃんと自分が勝ったことをわかって走っているんだよ」と、勝ち馬の風になびく尻尾のうつくしさを教えてくれた。

ところが、馬券を買うとなれば一番人気の馬ではなく、ほぼ負けるのがわかっているのに二番手に、帰りの電車賃を残して全額賭けるようなこともした。また、雨あがりの重馬場《おもばば》となれば、声援を送るのは決まってしんがりで、前を行く馬が蹴散らした泥を全身にかぶり、人馬ともに泥ぼっけになりながら懸命に走る姿がたまらないと言う。二番手やビリに肩入れするのは、みそっかすゆえの感情移入だろう。

では、母と私はどうかと言えば、私たちは素天辺《すってっぺん》の最上品には、残念ながら親近感を持てず、遠々しさを感じてしまう。縁がない、分が過ぎるとはこういうことなのか、基本的な興味がもっと身近なところに向いている。報われない九十九の悲哀に心乱れ、佳いものを妬ましく思うことすらあるのだから、露伴の前に出れば「ケチな根性」と一刀両断に切り捨てられよう。

こんなたとえ話は私の想像以上のものではないし、人はいつからでも変われる可能性を持っている。そして重ねて言うようだが、見る人の見方によっても評価は異なるものである。こうした前提をすべて認めた上で、時として器量や素性、性格は隠しようもなくあらわれてしまうことがあると思う。

祖母の生母・お幾美《きみ》さんは祖母が実年齢で五歳のとき、肺結核で亡くなっている。臨終の床に呼ばれた祖母は涙し、母親の枕元に置かれたランプの笠がにじんだ目にふくれたり縮んだりして見えていた。手の甲には涙がしたたっていたのだろう、祖母はランプの笠に手を伸ばし、笠に張ってあったうす紙を指先で突き、その紙が拒みながら裂ける様子をじっと見つめていた。「ああ」とお幾美さんの声が聞こえ、「ア子ちゃんあんた、それだから母さん心配になるのよ」と言われる。祖母の先行きを思って、お幾美さんはどれだけつらい思いをしただろう。

祖母は弱さ、哀しさ、やさしさを心の内にいっぱい抱えたがゆえのきかん気、反抗心、強さを持っている。みそっかすのみそっかすたるゆえんであり、天性の明るさが救いだろう。陰の暗い部分があるからこそ、そこをバネにして明るい高みへも飛びあがれるのだと思う。

あとがきにかえて

原稿は自宅でパソコンを使って書いている。「この文脈にこのことばづかいでいいんだっけ?」と心もとなく思うことはしょっちゅうあるし、書いている内容とは無関係に語源が気になることもある。そんな折には、とりあえずネット検索が手っとり早い。分厚い辞書をよいしょと持ちあげる必要がなく、キーボードから手を離すことすらせずにすむ。

ネットにあふれる情報の不確かさはよく言われることだが、ネットはありとあらゆることが満載だからいいのであって、検索したことについて誰も何も語っていないと実に心細く、ぽつんととり残されたようなさみしさを感じる。

それを痛感したのは「出ず入らず」の項の終わりのほうで、「けすい」ということばについて書こうとしたときである。私にとっては「足りない」とか「少ない」とほぼ同義で、そこに「ケチしなさんな」というニュアンスがわずかに加わっているような気がする。用例としては、いくつかのお湯のみにお茶を注ぎ分けている場面で、「これはちょっとけすいから、もう少し足してよ」というような使い方である。いずれにしてもごく普通に、家庭内でちょいちょい使われる口語だと思っていた。

平仮名での表記しか思いつかなかったが、もしかしたら漢字があるのかもしれない。それにしても「けすい」の語源は何なのだろうと思って検索して、唖然とした。そんなことばはネットにはない。まさか、と慌てて『広辞苑』はじめ手元の辞書類をすべてあたっても、どこにも出ていない。もしかして、「けすい」ということばを使う人は今の日本にいないのだろうか？

そこでふと、年に数回出席しているNHKの放送用語委員会を思い出した。NHKで使われる放送用語について検討している委員会で、一九三四（昭和九）年から今日まで一四〇〇回以上、まさに営々とつづいている。私にとっては何よりの勉強の場であり、この会でお目にかかる日本語研究がご専門の先生方に伺ったらすぐに埒があくものと、もうそれだけで心が軽くなった。

ところが、どなたも「けすい」をご存じない。「それは動詞ですか、形容詞ですか?」と問われ、私はそんなことすら考えていなかったとおろおろする始末。見かねて、東京外国語大学名誉教授の井上史雄《いのうえふみお》先生が「調べてみましょう」と助け船を出してくださった。

しばらくして、「けすい」は『日本方言大辞典』、『東京弁辞典』、『東京ことば辞典』には出ていないが、『埼玉方言辞典』に記載があったと教えてくださった。もともとの出典は『滑川《なめがわ》地方のことば』で、《けすえ　少ない。「米の十アール五俵ではケスエ」》。『埼玉県のことば［県北版］』にも立項があって、《けすい　少ない。足りない。「めたがけすい」》。なんと「けすい」は埼玉中部から北部にかけてのことばだったのだ。かつては熊谷《くまがや》市の八人中五人が使っていたというが、現在このあたりにお住いの方にとってはもはや耳にした覚えもない、つまりは死語なのである。

では、どういう経緯で私は「けすい」を使うようになったのだろう。奇しくも私の父方の祖父母は埼玉県北部の出身なのだが、父はこのことばを使っていない。私にとって「けすい」は母方のことばであり、祖母の口調も記憶している。母によれば露伴も日常使っていたというから、幸田の家に入ってきたのはお猷様の代か、それより上なのかもしれない。

その旨、井上先生にお伝えすると、この件を月刊誌『日本語学』にエッセイとしてお書きくださった。結論を引用させて頂くと、「『けすい』は江戸ことばで、埼玉に伝わったものか、その逆ルートか。一つ分かったら、謎が増えた」とのこと。私はてっきり母方の家の誰かが埼玉のことばに影響を受けたと考えたが、もとは江戸のことばだったものが先に江戸で消えて埼玉に残ったという可能性もあるのだ。

日本語を専門にしていらっしゃる先生が、わずか一語についてこれだけ調べてくださって、さらに「謎が増えた」とおっしゃる。私はろくすっぽ調べたわけでもないのに、この本の中でどれだけ好き勝手に言いたい放題を重ねたことだろう。今さらとり繕おうにも馬脚は丸見え、行き届かぬこと甚だしい。思い違い、考え違いはどうかお許し願いたい。

知識を深めるほどに、自分に授かったことばを只々有り難く、愛しく思う。

この本をまとめるにあたり、二年にわたり小学館『本の窓』で連載させて頂きました。編集長・岡靖司さんはじめ編集部の皆様、どんな質問にも頼もしく答えてくださった校閲の皆様に大変お世話になりました。書きあぐねて途方に暮れていた私をいつも「大丈夫ですよ」と励ましてくださった恩田裕子さんのご尽力や、細部にまで心を配った鈴木成一さんのブックデザインがあって、ようやく一冊になりました。晴れやかな喜びと安堵を胸に、お力添え頂いた皆様方に心より御礼申し上げます。

二〇一七年　早春

青木奈緒

青木奈緒《あおきなお》

東京・小石川生まれ。学習院大学文学部ドイツ文学科卒業、同大学院修士課程修了。オーストリア政府奨学金を得てウィーンに留学し、足かけ十二年ドイツに滞在。一九九八年に帰国して『ハリネズミの道』でエッセイストとしてデビュー。『うさぎの聞き耳』『くるみ街道』『動くとき、動くもの』『幸田家のきもの』、小説『風はこぶ』や絵本の翻訳『リトル・ポーラ・ベア』シリーズなどの著書を持つ。二〇〇二年、二〇〇九年に日本エッセイスト・クラブのベスト・エッセイ集に選ばれる。ＮＨＫ放送用語委員。幸田露伴は母方の曾祖父、幸田文は祖母にあたる。

幸田家のことば

知る
知らぬの
種をまく

二〇一七年二月二〇日　初版第一刷発行
二〇一八年三月一九日　第三刷発行

著者　青木奈緒
発行人　清水芳郎
発行所　株式会社 小学館
〒一〇一-八〇〇一 東京都千代田区一ツ橋二-三-一
編集〇三-三二三〇-五一三六 販売〇三-五二八一-三五五五
印刷所　凸版印刷株式会社
製本所　牧製本印刷株式会社

 ISBN978-4-09-388502-7